AUFTAKT

Ich kann nicht mehr, ich werde laufen. Stunden damit zugebracht, wiederzulesen. Ich versuche zu sortieren, es ist unmöglich, ich kann nicht mal mehr wiederlesen, ich ertränke mich, in dir, in unseren Tränen, im Gedächtnis ohne Grund.

Jacques Derrida: Die Postkarte

Neue Mythologien entstehen unter jedem unserer Schritte. Dort, wo der Mensch gelebt hat, beginnt die Legende, dort, wo er lebt. Ich will mein Denken nur noch mit diesen verachteten Verwandlungen beschäftigen. Täglich verändert sich das moderne Daseinsgefühl. Eine Mythologie baut sich auf und zerfällt wieder.

Louis Aragon: Der Pariser Bauer

1. PELZ

To come now to the dark ages [...] these ages ought naturally to be favorable to the art of murder, as they were to church architecture, to stained glass, etc.

Thomas de Quincey: On Murder Considered as one of the Fine Arts

1.1 Außen regnet es, innen bleibt die Zeit stehen. Der Auftrag an mich war, wie immer, im toten Briefkasten hinterlegt worden.

1.2 Die alte Kassette liegt wie eine Anklage, ein Beweisstück auf dem Tisch. Ich kann nicht anders, als sie mir nochmals anzuhören. Wie fremd meine Stimme klingt, meine aufgenommene Stimme, die aus einer anderen Zeit zu mir spricht, mich gleichermaßen *schreibend* und *berichtend* macht. Ich verliere mich beinahe im Klang der Stimme, bis mir beim Notieren wieder gewahr wird, dass es meine ist, dass diese von mir verursachten Laute von einer Wirklichkeit berichten, die mit meinem jetzigen Zustand nichts mehr zu tun haben. Ich erinnere mich trotz der gespeicherten Aufzeichnungen nur an undeutliche Schatten und Schemen.

1.3 Mein Name ist Asterios. Dieser Name sollte an meiner Tür stehen, wenn ich eine hätte. An keiner meiner bisherigen Türen und Tore, auf keiner Briefsendung stand mein eigener Name.

1.4 Alles beginnt erneut, so versichert es mir meine Stimme. Ich schalte das Gerät aus, sage den Satz noch einmal vor mir her – *Alles beginnt erneut* –, dann spule ich das Band zurück und lasse diese Stelle erneut laufen. Alles beginnt erneut, so versichert es mir meine Stimme wieder.

1.5 Im toten Briefkasten hinterlegt, sagt die Stimme in der Aufzeichnung. Auf diesem Weg bekomme ich meine Aufträge. Man möchte sich nicht persönlich mit mir abgeben, mich treffen. Man hält mich inzwischen wie ein trauriges, tödliches Haustier, das man bei unangenehmen Gelegenheiten hervorholt, damit es den kleinen Garten vor dem hübschen Häuschen von den Eindringlingen befreit. Man lässt das Haustier hin und wieder von der Kette, weil man sich sicher sein kann, dass es nicht fliehen wird – wohin auch. Für Haustiere wie dieses sind alle Orte auf der Welt gleich, sind alle an diese Orte geknüpften Arrangements oder Vereinbarungen ähnlich. Man macht sich bestimmte Talente zunutze, garantiert damit aber auch das Überleben des Kettenhundes – denn nichts anderes ist das skizzierte Tier, nichts anderes bin ich selbst. Ein toter Briefkasten also, mit Anweisungen und Banknoten, manchmal auch noch ein kleines Geschenk, damit der Etikette Genüge getan wird. Denn unmenschlich – dies soll bei all dem von keiner der beteiligten Parteien vergessen werden – ist und bleibt nur das bissige Tier, der bezahlte Wächter, der notwendige und nur deshalb geduldete Assassine. Ein toter Briefkasten also, der erneut eine dringende Botschaft, eine Aufforderung, eine nicht auszuschlagende Einladung enthält. Schon als ich das dicke Kuvert entnehme, ahne ich, was für eine Form des Auftrags auf mich zukommt. Haustiere wie ich lesen auch die Zeitung, verfolgen die Nachrichten, fragen sich – mal vorsichtig, mal argwöhnisch –, wann man sie in einer gewissen Situation zum Eingreifen auffordern wird.

1.6 Ich schlendere durch die mir noch gänzlich unbekannte Vorstadt, beobachte die im Schmutz spielenden Kinder und betrachte die vom starken Sonnenlicht ausgebleichten Waren in den Auslagen. Über einem der Läden ist das Schild KINDERTAUSCHZENTRALE angebracht, was mich mehr erheitert, als es sollte.

1.7 Ich kann nichts außer Tanzen und Töten. In labyrinthischen Schritten ertanze ich Strukturen, Verläufe von Mauern, die Grundrisse von Vierteln. Gesten, Ausfälle, ein Wiegen im Takt einer tatsächlich alten Melodie, die nur noch in meinem Kopf zu existieren scheint. Begründungen und Gründe genug, eine Drehung, vielleicht eine zweite. Die Muskeln spannen unter der harten Haut, die sich manchmal so anfühlt, als wäre sie zu eng, zu klein für meinen extremen Körper. Eine weitere Drehung, ein eleganter Schritt zur Seite. Tanzen und Töten, das muss reichen, das reicht. Ich tue so, als könnte ich tatsächlich auf diese Art leben.

1.8 Alles ist an seinem Platz, da, wo es hingehört. Jeder spielt die ihm zugeteilte Rolle, fügt sich in das Script der Stadt, in die vorgegebenen Strukturen und die steinernen Linien der Tradition. Bloß ich falle heraus, habe den vorherbestimmten Platz übersehen oder auch unbewusst ignoriert. In diesem perfekt anmutenden System – denn nichts weniger ist es in seiner sehr eigenwilligen und teilweise auch völlig unverständlichen Art – hat alles bis auf mich seine Richtigkeit und Bestimmung.

1.9 Die Toten sind Mädchen, die nicht einfach hübsch sind, sondern – ganz wie es ihnen ihre Eltern bestimmt ständig versichert haben – etwas *Besonderes*. Ihre immer noch erkennbare Schönheit, die Dominanz ihrer Oberfläche verbindet sie auf eine unangenehm deutliche Weise. Er war immer schon ein Romantiker, das drängt sich mir beim Vergleich der Opfer wieder auf. Auf eine diffuse Weise macht mich all das sehr traurig. Wir schrumpften, wurden immer weniger und kleiner. Unser mythologischer Glanz verlor sich, billiger Glitter blieb eine kurze Zeit lang, dann schließlich war alles verloren. Mit den heimlichen Wünschen und den verheimlichten Aufträgen lässt sich ein gutes Geschäft machen. Ich kann so überleben, aber ich kann mich nicht mehr achten. Ich kann beim besten Willen nicht sagen, wie es so weit kommen konnte.

1.10 Wie bei einem Drachen wird meine Sehkraft in der Dämmerung für einen kurzen Zeitraum erheblich schlechter. Dann, mit tränenden Augen und blinzelnd, und nur dann, ist es mir möglich zu weinen. Schärft sich mein Blick mit dem Hereinbrechen der Nacht wieder, versiegen die Tränen.

1.11 Mein Name ist nicht Minotaurus, aber alle nannten mich so. Auf diesem Weg wurde ich das Eigentum des Mannes, der nicht mein Vater war und es auch nie sein wollte, mich niemals den hohen Besuchern vorstellte, die in regelmäßigen Abständen bei ihm vorsprachen. Hallo, kennen Sie schon meinen Adoptivsohn, er heißt

Minotaurus: nach mir. Ein Name, der wie ein Siegel auf meiner harten, aber nicht unverletzlichen Haut brennt.

1.12 Ich lege Zeugnis ab, ich berichte. Dies ist die Chronik der laufenden, der gelaufenen Ereignisse. Ein Bericht des Gegenwärtigen, vielleicht auch des Zukünftigen. Nicht mehr, nicht weniger. Da ist keine Möglichkeit der Befreiung zwischen den Zeilen, da gibt es keine versteckte Absolution. Da ist nur der Bericht eines schnaubenden Tieres, einer fragmentierten Bestie.

1.13 Die verlorengegangenen Häuser, Möglichkeiten des freiwilligen Rückzugs, die ich eingebüßt und in Trümmern hinter mir gelassen habe. In manchen von ihnen hätte ich vielleicht etwas wie ein kleines Glück und Ruhe gefunden, eine Existenz in gelassener Bescheidenheit, aber etwas in mir, ich selbst, wünschte, wollte. Der Rauch brennender Heime schmeckte jedes Mal bitter, brannte in meiner Nase, doch er hatte auch etwas ungemein befreiendes, ihm wohnte die trügerische Hoffnung kommender Abenteuer inne. Ich fällte die Bäume, in deren Schatten ich pausiert hatte, begrub meine Geliebten, begann erneut zu suchen, *schrieb* ohne Ergebnis oder Ziel und zog schließlich weiter.

1.14 Manchmal fällt es mir leicht, die notwendige Konzentration aufzubringen, die es möglich macht, bei der eigenen, alten Sprache zu bleiben. Die es erleichtert, sich Worte, Satzbau und Konzept parat und präsent zu halten. Die Sätze geraten in diesen guten, notwendigen Momenten wellenartig, die Schrift führt mich – ganz wie beim Tanz – hindurch.

1.15 Das Licht blendet mich ein wenig, die Brille sitzt schlecht auf meiner breiten Nase, deshalb schließe ich die Augen und lasse mich in den Sand sinken, genieße die Wärme der Sonnenstrahlen. Ich muss an Daedalus und seinen verrückten Sohn denken, lächle ein wenig: als ich mir die Vermessenheit seiner Erfindungen, die ihn schließlich eingeholt hat, wieder in Erinnerung rufe.

1.16 Nachts sehe ich von meinem Fenster aus auf die Hafengegend. Der Wind bringt Stimmen, Gerüche und Musik mit sich, erinnert mich an die stilleren Nächte meiner Jugend, als ich meinen Vater aus dem Haus schleichen sah und mir sicher war, dass auch meine Mutter, die er schlafend wähnte, ihn beobachtete. Warum, fragte ich mich bei diesen Gelegenheiten, musste ich auch so genannt werden – Minotaurus – musste also vielleicht auch so: sein.

1.17 Man bewegt sich immer nur zwischen Labyrinthen, zwischen Kerkern und unterirdischen Unterkünften. Nur kurz entkommt man zwischenzeitlich in eine Phase des Übergangs, die eine trügerische Ahnung von Freiheit und Leichtigkeit verheißt. Dann erst bemerkt man langsam wieder die steinernen Mauern des neuen Bauwerkes um sich, versichert sich durch vorsichtige, dann dreister werdende Berührungen der Sicherheiten und Nachteile der Granitwände.

1.18 Wie aus der Bannmeile der Vorort, der *banlieue* wurde, in dem sich die rivalisierenden Verbände der Stadtvertretungen unter festgelegten Bedingungen ihre Gefechte liefern und so die Sachverhalte zu einer Art von Lösung bringen, die am Verhandlungstisch angeblich nicht mehr erzielt werden konnte, Lösungen, die sich zumeist als Scheinlösungen erweisen, da sie schon bald die nächsten bewaffneten Auseinandersetzungen nach sich ziehen, die die Stadtverwaltung mehr aus Furcht denn aus Anerkennung der Umstände zumeist ignoriert.

1.19 In meinen Träumen sehe ich nicht selten das blutige Ende des blödsinnigen Sohnes dieses auf grausame Weise genialen Vaters. Wie er dalag, in Federn, Leinwand und Pfützen aus Wachs. Seine Gliedmaßen standen in grotesken Winkeln von seinem Körper ab und ich wünschte mir insgeheim, diesen Übermütigen abgeschossen und ermordet zu haben. Ich war gelehrsam, weil ich sie alle zu Fall bringen wollte.

1.20 Es ist der Gedanke, dass der Palast wohl die ganze Nacht gebrannt haben muss, der mich – obwohl ich schon

halbwach vor mich hinstarre – noch die verzerrten
Echos der Schreie hören lässt. Etwas wie ein irritierendes Hochgefühl bestimmt mich, eine Empfindung
der Befreiung, die erst beim dritten Kaffee in einem
der zahllosen Diner hier in der Gegend, einer diffusen
Empfindung des Verlusts weicht. Wie sehr ich Ariadne
vermisse, denke ich beim Starren in das dunkle Gebräu.
Ich verstreue geistesabwesend Zucker auf der Tischoberfläche, verteile ihn mit meinen groben, narbigen Fingern, ordne ihn zu Mustern, die keinen offensichtlichen
Sinn ergeben wollen. Für einen Moment glaube ich
wieder, die Schreie zu hören, als ich durch die schmutzige Fensterscheibe auf die graue, noch menschenleere
Straße blicke. Der Wind treibt Müll vor sich her, einem
unbekannten Ziel entgegen. Ich lasse einen großen
Geldschein auf dem Tisch liegen, nehme noch einen
Schluck Kaffee, dann gehe ich.

1.21 Es ist eine absolut irrige Annahme, ein Labyrinth könnte
jemandem tatsächlich gehören. Vielmehr wird man zu
einem Teil des beherbergenden Ortes, zu einem Stück
Inventar, vielleicht sogar etikettiert und mit einer Nummer versehen. Ein Grund mehr: nicht zu bleiben.

1.22 Ariadne, du Närrin. Dein Verrat war also doch nur
der verzweifelte Versuch, der Familie zu entkommen,
und nun bist du für alle Zeiten mit ihr verbunden,
bist ununterscheidbare Asche im gleichen Wind. Ich
beginne zu weinen, als ich endlich verstehe, und ich
habe noch nicht aufgehört, als mich der Bibliothekar,

der mich freundlicherweise bei meiner Suche unterstützt hat, aus dem Saal verweist.

1.23 Ich wollte immer schon der Figur auf die Spur kommen, wie ich mir selber im Rahmen dieser reisenden Recherche auf die Spur komme, mir ein deutliches Bild von dem mache, was ich bin, was ich gewesen sein könnte: aber eben nie: was ich einmal sein werde.

1.24 Gotta be your own god. Go. Have fun.

1.25 Es gilt, den Komfort eines leeren Lokals schätzen zu lernen. Ein Platz in der Ecke wirkt besonders einladend, fast schon sicher. Ich war schon einmal hier. Die Einrichtung ist mir nicht vertraut, doch die Wände, auf die ich meine Hände lege, sind es durchaus. Sie sprechen zu mir, geben mir freiwillig die gewünschten Informationen.

1.26 Die selbstsüchtige, scheiternde Neuerzählung meiner Geschichte, das Weitertreiben meiner Person über den verordneten Rand hinaus; aber gar so arg ist dieser Regelverstoß doch nicht: denn wer wird das schon lesen oder gar glauben. Zuletzt ja doch niemand, auf den es für mich ankommt. Alle werden sie nur die verbreiteten Lügen wiederkäuen, und voller Zorn zerreiße ich die Sagensammlung, die ich aus der Bibliothek gestohlen habe.

1.27 Und meine verdammte Mutter. Und meine verdammte Mutter. Und meine verdammte – nein. Und meine verfluchte, mit einem Fluch belegte Mutter. An jenem verhängnisvollen Abend schien es so, als würde sie sich an nichts mehr erinnern können. Die wenigen Gelegenheiten, bei denen wir zusammentrafen: Jedesmal endete es in einer Katastrophe, in einem: Verweis. Sie konnte mich ja kaum ansehen, so sehr war ich ihr wohl zuwider. In unseren Gesprächen bei Tisch richtete sie nur selten das Wort an mich, und wenn: dann mit einer Beiläufigkeit, dass sie auch jemand anderen hätte meinen können.

1.28 Ich esse nicht mehr aus Vergnügen, vielmehr aus Notwendigkeit: denn die Rippen stehen aus meinem steinernen Körper hervor und ich kann mich wirklich nicht mehr erinnern, wann ich meine letzte Mahlzeit hatte. Erst als ich schon mehr taumle als gehe, mir das Atmen schwerfällt, überwinde ich mich und ziehe ein vorbeieilendes Pärchen in einen dunklen Hinterhof. Es sind noch Dinge durchzustehen, bevor es wirklich zu Ende ist.

1.29 Ich bin mir sicher, dass mein Bruder nicht unter den Opfern ist, den Opfern, die ich hinter mir gelassen habe, derer ich mich nur undeutlich entsinne. Selbst wenn immer häufiger ein Schleier über den Großteil meines Bewusstseins fällt, so weiß ich doch immer noch mit Sicherheit: dass nachts niemand verurteilt wird.

1.30 Mir viel Zeit lassen und die Instrumente des Schreckens mit Bedacht und Lässigkeit darbieten. Natürlich könnte alles auch viel schneller gehen, effektiver verhandelt werden. Doch das wahre Vergnügen liegt im Hinauszögern, im Befragen und Verschieben von leichthin akzeptierten Grenzen, dem Dehnen des *unvermeidlichen* Moments. Wie groß seine Augen geworden sind, wie bei einem staunenden Kind mit offenstehendem Mund.

1.31 Er konnte ja ohnehin noch nie einer Herausforderung widerstehen. Sei es der Bau eines steinernen Labyrinths, der technisch perfekteste Bau damals, oder auch die Aufgabe, einen Weg durch eine Muschel zu finden. Neugier und Eitelkeit, so konnte ich ihn damals schließlich doch hereinlegen.

1.32 Daedalus lehnte in dem großen Stuhl, er war alt und zusammengefallen, nur noch eine Ahnung von der beeindruckenden Gestalt, die er einst gewesen war. Meine Hände lagen um seinen dürren Hals und es knackte wie trockenes Stroh, als ich ihm das Genick brach. Sein Körper, von seinem Leben befreit, sank wie ein leerer Sack zusammen: ein Hautlappen mit klappernden Knochen, auf denen der Wind einen eigenartigen Rhythmus hält. Ich saß noch eine Weile neben dem Thron auf dem Boden, weinte ohne zu wissen, warum. Ich verbrannte seine Überreste, das war ich ihm für die Vielzahl seiner Erfindungen, die mich bedingen, schuldig. Zumindest bildete ich mir das ein.

1.33 Meine Geburt erscheint mir im Rückblick wie ein ungerechtes Hineinstolpern in ein lange vor meiner tollpatschigen Lebensbewegung fertiggestelltes Gemälde, voller vorbestimmter Wege, Begegnungen, Ereignisse und Talente.

1.34 Mein Frevel, die Toten in den Städten zu lassen, seien sie auch noch so verwüstet, in meinen Träumen suchen sie mich heim, da ich sie nicht ihren Ständen nach angemessen, an den ihnen eigentlich zustehenden Plätzen beerdigt habe: die Reichen am Stadtrand, die Armen weiter weg, außer Sichtweite.

1.35 In jede unserer Erfahrungen, so glaube ich inzwischen, ist etwas zutiefst Unreines, Verstörendes und Falsches eingeschrieben. Dieser Teil der Erfahrung ist der unangenehmste und wohl auch der wertvollste von allen.

1.36 Die Städte ändern sich, alleine schon wie die Tempel sich anders formen, ich tanze bloß, trete die Entwicklungen los, auf die wenigsten habe ich dann noch Einfluss. Die Städte sind den pulsierenden, lebendigen Herzen voraus, die Stadt als ein Ort vieler Zentren, die an die Stelle eines alten Kerns, der immer noch erhalten ist, getreten sind, viele Zentren, die ein differenziertes Transportnetz verlangen, voraussetzen, der alte Kern stirbt leise, langsam, trotz vehementen Widerstands, ich komme gerne hierher, sehe diesem so vertrauten Teil beim Verfallen zu, ein Vorgang, den ich nicht mehr aufhalten oder gar umkehren kann, vielmehr scheint es so, als hätte ich die ursprüngliche Schrittfolge verdrängt, manche Teile des Ritus tatsächlich vergessen, diese Stadt ist mein letztes Gefängnis, ein Kerker, jeder Bewohner, so er mich überhaupt bemerkt, ein auf mich herabblickender Scherge, Teil eines Volkes aus Knechten, das sich in seiner Mittelmäßigkeit und Ignoranz gefällt. Rund um die neuen Zentren sind Wohnblöcke, wahre Bollwerke errichtet worden, jeder von ihnen eine potentielle hermetische Festung, die sich bei Bedarf vom Rest der Stadt isolieren und aus dem sich ausbreitenden Chaos herausnehmen könnte. Die Vielzahl dieser Miniaturburgen innerhalb der Stadt versinnbildlicht die Hilflosigkeit und vor allem auch die Angst, die in den letzten Jahren zur neuen beständigen Konstante aller Überlegungen geworden ist.

1.37 Ich hungerte nach dieser geheimen Aufgabe, die mich, so war ich mir auf meine kindliche Art ganz sicher, schließlich zu mir selbst zurückführen würde.

1.38 Meinen postalischen Verstreuungen zum Trotz beantworte ich keines der Schreiben sofort, die an mich gerichtet sind. Eine ungeheure, mir unbegreifliche Macht, die mich generell davon abzuhalten versucht, zu antworten, die sich in Form einer Schwere bemerkbar macht. Es wird immer komplizierter und ist mit immer langwierigeren Vorbereitungen verbunden, sich aufzubäumen, ein Kraftakt, sich trotz des unheimlichen Gewichts an den Schreibtisch zu schleppen und.

1.39 Jeder Fall beginnt für mich mit diesem Brief und einem sich daran anschließenden Gang in die Hauptbibliothek der Stadt. Ich erfreue mich am Anblick der Ordnung, der Lebendigkeit, der gefälligen Abfolge von Signaturen. All das ist ein Abbild einer geordneten Welt, die so nicht mehr besteht. Hier kann ich gedanklich zur Ruhe kommen, meine tierhafte Unruhe verliert sich nach und nach in der Stille des Gebäudes, in dem ich schon viele Stunden mit Suchen, Verwerfen und Finden zugebracht habe. Aber mehr noch als an penible Recherche und das Sammeln stichhaltiger Beweise glaube ich an meine Intuition, an das Entschlüsseln der Zeilen, das in meinem Blick begründet liegt. Der Gang in die Bibliothek zu diesem frühen Zeitpunkt ist für mich nie nur eine Frage der genauen Suche, sondern eine Sache der Inspiration. Ich streife durch die Gänge, lasse meinen Blick über die Regale wandern, ganz ohne zuvor den Katalog konsultiert zu haben. Jeder Fall beginnt eben deshalb mit dem schon zwanghaften Gang in die Hauptbibliothek, weil ich immer zu Beginn der Untersuchungen einen Band aus den Beständen stehle und erst dann retourniere, wenn ich den Fall gelöst und abgeschlossen habe. Das Buch dient mir dabei als eine Art Stichwortverzeichnis, als Taktgeber, der eher der alten Magie denn der neuen Vernunft verpflichtet ist. Die Auswahl des jeweiligen Buches ist dabei weniger eine bewusste Entscheidung, als es vielleicht klug und auch angebracht erscheinen mag. Statt, wie es die Umstände jedem vernunftbegabten oder gar vernünftigen Wesen wohl diktieren würden, einen auf den jeweiligen Fall abgestimmten Titel auszusuchen, vertraue ich in dieser Situation wie sonst kaum auf die Symptome meines monströsen Körpers. Bleibe ich also, fast schon in Trance, schließlich vor einem der unzähligen Regale stehen und lange nach einem der Bände, habe ich auch diesen vorbereitenden Schritt absolviert. Diesmal ist es ein dunkelgrüner, fast schon schwarzer, gebundener Leinenband einer angesehenen University Press. Wie bei allen Gelegenheiten zuvor werfe ich auch jetzt einen kontrollierenden Blick in das Buch, schlage es dazu einfach auf und lese den erstbesten Satz: ZUFALL *Sie haben der anderen Hälfte dessen, was sich abspielte, keine Beachtung geschenkt*. Noch nie hat mich diese Strategie der Handbuchsuche – denn nichts anderes ist dieses zum Ritual gewordene Verhalten – enttäuscht. Auch dieser Band scheint mir spontan als für meine Zwecke geeignet und ich entferne das metallene Sicherheitsetikett, das ich an der Unterseite des entsprechenden Regals anbringe. Löse ich den Fall, schmuggle ich das Buch wieder zurück in die Bibliothek und klebe das sensible Etikett wieder auf die dafür vorgesehene Stelle, retourniere den Band also, als wäre nichts geschehen. Die mich beruhigende Ordnung der Buchsammlung und der Institution wäre dann wiederhergestellt. Versage ich, bleibt das Buch in meinem Besitz, wie als Mahnung. Die Ordnung – diese eine spezifische, an der mir so viel liegt, wäre dadurch beeinträchtigt, ich hätte auch daran schuld. Die Unterseiten verschiedenster Regale hier geben, wenn man es nur nachprüfen wollte, über meine Niederlagen zumindest bis zur Neuanschaffung des vermissten Titels sehr genau Auskunft. Ich klappe das Buch, das den Titel *Handbuch der HipDelikte* trägt, zu und verberge es, nach Abwicklung dieser Prozedur, in meinem Mantel. Nun kann es losgehen.

1.40 Wie lange dieser Athener noch geblutet hat, nachdem er schon tot war, also: aufgehört hatte, nach Ariadne zu rufen und an diesem abgerissenen Faden zu zerren.

1.41 Was man mir alles beigebracht hat und warum ich den Großteil davon wieder verlernen musste, warum man mich das Aufbegehren nicht gelehrt hat. Naheliegende Schlüsse drängen sich auf, etwa: dass es für alle komplexen Fragen und Probleme einfache, leicht verständliche und durch und durch falsche Antworten gibt. Jeden Tag dieser endlos andauernden Anstrengung muss ich mich den Bildern und Worten aussetzen. Erinnerung, das ist für mich ein Prozess des Verschiebens und des Arrangements.

1.42 Manchmal wache ich nachts von meinen Erinnerungen auf, die sich über meine Träume zurück in die Realität drängen. Es sind Brocken einer Vergangenheit, die ich wohl durchlebt habe, die zu mir gehört, die ich auch:

verursacht habe, doch bewusst ist mir kaum etwas. Da sind Gesichter, schmutzig und verschmiert, es ist eine Mischung aus Mitleid und Abscheu, die mich auffahren lässt. Es sind wohl auch die Gesichter Familienangehöriger, denn ich glaube sie zu erkennen; meine, dass mir die Angst in ihren Blicken vertraut vorkommt. Hin und wieder ist es auch ein Gefühl von Hitze, das mich weckt. Eine Erinnerung, ein Fragment eines Gedankens: an Feuer. Gelegentlich gelingt es mir, den letzten Satz aus meinen Träumen in mein Erwachen, in eine dunkle, sich mir entziehende Welt herüberzuretten. Doch keine der beiden Wahrheiten wird durch diese Sätze klarer.

1.43 Im Labyrinth begegnet man sich selbst. Das Labyrinth existiert dreifach: als Metapher, als Irrgarten, als Labyrinth im eigentlichen Sinn, also: als lineare Figur. Ich blicke auf, sehe mich auf einer Zeichnung, erkenne mich kaum wieder in diesem Gewirr aus Linien, diesem bewegten, nach außen offenen Netz.

1.44 Unter der verdeckenden Schicht des Gegenwärtigen liegen die Ruinen des Vergangenen. Meine Eintragungen sind unvollständige Nachbesserungen, fragmentarische Aktualisierungen. Je mehr ich aufzeichne, desto eher verschwindet, was meine Auftraggeber gerne für die Gegenwart halten. Dann tritt eine Vergangenheit hervor, die mit der Zeit der Allgemeinheit in Wettstreit tritt, sie schließlich immer und immer wieder blutig verdrängt, sich selbst auf diesem Wege erneuert und auch bestätigt. Ich stehe hütend an der Grenze zwischen diesen Zeiten, ich stemme mich, wie an einem Abhang wachend, gegen eine mir vertraute Unordnung. Ich schreibe in die Karten einen neuen Code ein, der das Ablesen des Tatsächlichen, des Erschreckenden ermöglichen soll, dem ich verpflichtet bin. Relevant und nützlich wird die Karte durch ihre Vereinfachungen, durch ihre Hervorhebungen. Es sind die Auslassungen und Generalisierungen, nicht nur geometrischer, sondern vor allem auch thematischer Natur. Nur dadurch gewinnt das Dokument für mich an Wert, durch meine Auswahl, durch meine Vernachlässigungen wird daraus ein Instrument meiner Ermittlungen. Die Karte spricht schließlich in der Sprache eines engen Zeitfensters verbindlicher Handlungen zu mir, das habe ich zu akzeptieren. Mittels der Geometrie verwandle ich den Raum in ein Territorium, ein Terrain. Eine mögliche Route wird sichtbar, ein potentielles *Jagdgebiet*.

1.45 Für einen Moment glaube ich, Daedalus an dem Café vorbeischlendern zu sehen. Es würde mich – wenn ich keine Gewissheit hätte – nicht wundern, gibt es doch immer Bedarf nach der neuesten Technik, den neuesten Errungenschaften einer gefährlichen Kunst, die man nicht zu beherrschen vermag, die einem zunehmend entgleitet.

1.46 Daedalus, das ist für mich immer noch der schreckliche, unbarmherzige Lehrer und für einen Moment bin ich wieder der kleine Junge mit dem Stierkopf, der unter dem Rohrstock seines allzu gestrengen Erziehers zusammenzuckt. Dies wird eine weitere Nacht ohne Schlaf.

1.47 Warum habt ihr den verdammten Stier nicht dem Meeresgott geopfert? Warum nur? Ich hätte mir dieses Leben erspart, es hätte euch nicht das Leben gekostet.

1.48 Ich sitze draußen vor einem kleinen Restaurant, genieße den milden Spätnachmittag und lese zur Aufbesserung meines Wortschatzes in dem Script einer Zeichentrickserie. Bei einem der Sätze muss ich laut auflachen und ziehe so gegen meinen Willen die Aufmerksamkeit der anderen Gäste auf mich. Ich verstecke mich hinter dem Buch, wünsche mir: die Bedienung, die mir vorhin ein sanftes Lächeln geschenkt hat, wäre nur zu mir nett.

1.49 Auf einem Platz neben einem Brunnen steht eine wahrscheinlich betrunkene Frau im eleganten Hosenanzug, eine Digitalkamera wie eine Waffe vor sich haltend, und brüllt die vorbeieilenden Passanten in fragendem und zugleich ermahnendem Ton an: Was macht das Elend Europas? Was macht das Elend Europas? Ich will mich, einige Passanten wie einen Schutzschild zwischen ihr und mir wissend, an ihr vorbeischleichen, doch wie von einer unsichtbaren Macht gelenkt, richtet sie ihre Kamera direkt auf mich. Für einen kurzen Moment hält sie in ihrer Anklage inne, dann brüllt sie ihre Frage in meine Richtung. Ich fühle mich als Entführer der armen Schönen ertappt und eile, sie so gut wie möglich ignorierend, weiter und der Klang ihrer Stimme verfolgt mich noch einige Straßen. Ich bin mir nicht mehr sicher, ob sie so betrunken ist, wie ich angenommen hatte.

1.50 Die Landkarte an der Wand wirkt wie eine von der Zeit zerklüftete Leinwand. Unzählige Risse, die die unterschiedlichen, in ihrer Anordnung zumindest auf den ersten Blick ganz unnatürlich und willkürlich eingeteilten Bezirke hervorbringen, dominieren das sich mir bietende Bild. Ich schlage das Buch auf und lese nach: GESCHICHTE *Papa Hegel sagt, dass wir aus der Geschichte nichts lernen, außer dass wir nichts aus der Geschichte lernen. Ich kenne Leute, die können nicht einmal aus dem lernen, was heute morgen passiert ist. Hegel muss das auf lange Sicht gesehen haben.* Dann erst widme ich mich wieder der Karte, beginne ein Terrain abzustecken, Anmerkungen anzubringen.

1.51 Ich gehe die Unterlagen immer wieder neu durch, breite die Vielzahl der Quellen wie ein Kartenspiel vor mir aus. Die Quellen an sich sind unbrauchbar, es ist der Blick darauf, die sie für mich wertvoll und wichtig machen. Etwas existiert in diesen Materialien, ohne in den Archivverzeichnissen, den Bandkatalogen und Datenbanken aufzuscheinen. Es ist ein Schrecken ohne Eintrag, eine Existenz jenseits der vorgegebenen Ordnungssysteme, die gerade deshalb für die meisten Leute unsichtbar und doch nicht weniger gefährlich ist. Es gilt, die gefährlichen Fragen zu stellen. Die Antworten, die man erwartet oder die man zu erwarten hat, sind dabei oft viel weniger wichtig als die Fragen an sich. Mit den Antworten wusste ich oft nichts anzufangen, wichtiger war mir immer gewesen, diese oder jene Frage gestellt zu haben und die leichthin akzeptierten und scheinbar so festgelegten Dinge und Bedingungen damit ein wenig in eine irritierende Bewegung versetzt zu haben.

1.52 Etwas entdecken heißt: Karten anlegen.

1.53 Ich versuche die Missgeburt immer als das Ergebnis eines göttlich verordneten Ehebruchs zu verstehen. Es brauchte auch schon vor meiner Zeugung – und auch: zu meiner Zeugung – die perfideste Technik. Daedalus, der sich mitschuldig an der Täuschung des Stiers gemacht hat, dann auch: die Notwendigkeit der neuesten technischen Errungenschaften, um die Familientragödie zu verdrängen, um das Ergebnis des Fehltritts in den Keller zu verbannen. Die einzige Sünde ist die Reue, das habe ich nun verstanden.

1.54 Ich habe keine Affären, weil ich keine Zeit dafür habe, sagst du unvermittelt, als du kurz einmal von deinen Schriftrollen aufblickst, so als hättest du nach Jahren langer Überlegung nun eine passende Antwort auf eine meiner dich nervenden Fragen gefunden. Dann konzentrierst du dich wieder auf deine Lektüre, nur um kurz darauf nochmals innezuhalten und dich zu korrigieren: Ich habe keine Affären, weil ich mir keine Zeit dafür nehme. Mit einer theatralischen Geste richtest du den Sitz deiner Brille und widmest dich wieder deinen Studien, ich weiß, dass das nicht wirklich wahr ist, aber ich sage nichts, wende nur den Blick ab, versuche, mich auf die wirklich großartigen Bilder, die auf den Mauern angebracht sind, zu konzentrieren. Wirklich schlimm sind deine Seitensprünge ja eigentlich nicht, schlimm daran ist nur, wie egal sie mir geworden sind, mindestens ebenso gleichgültig wie dir die meinen sind. Ich ziehe die durchgeschwitzte Tunika aus, streife einen leichten Sweater über und verlasse, nachdem ich dich noch einige Zeit beobachtet und ein paar Zigaretten geraucht habe, das Zimmer, um erst später: nachdem du gegangen bist: wieder zurückzukehren.

1.55 Eine weitere Vermisste, ein weiterer Tatort: Vor einer Duschkabine in einem heruntergekommenen Hotel liegen die Kleidungsstücke und Habseligkeiten der Frau. Sie wurden scheinbar der Reihe nach abgelegt, doch in völliger Unordnung auf dem Boden verteilt. Die Textilien sind feucht, sie liegen wohl schon seit Tagen da. Es ist, als hätte sich die dazugehörige Person unter der Dusche aufgelöst, nur diese Stoffspuren eines ungeahnten Verbrechens zurücklassend. Die Hinweise sind undeutlich, doch die Hast der Bewegungen ist bei genauerem Hinsehen immer noch präsent, ganz deutlich spürbar. Ein paar Knöpfe fehlen, die ärmliche, doch eigentlich saubere Kleidung bestätigt mir meine Vermutung. Eine weitere Vermisste, ein weiterer Tatort. Ein weiteres Opfer. Ich sollte versuchen, mich zu beeilen.

1.56 *Déjà-vu*: Im Moment des Erinnerns, des Wiedererkennens der zumeist aus Träumen vertrauten Szenerien, wird es schwerer als sonst, sich nicht treiben zu lassen, in eben dieser Sekunde aktiv einzugreifen und die bereits geistig vorverdauten Ereignisse willentlich zu beeinflussen und abzuändern, gegen die enger werdenden Kreisläufe in diesen bruchstückhaften Krisensituationen aufzubegehren, solange die Kraft noch ausreicht.

1.57 Sich schreibend weitertreiben, die lebenspendende Passage aufnotieren müssen; mit der Verschriftlichung meines angenommenen Ichs eine Verankerung in dem ermöglichen, was mich umgibt. Also: Die von mir bereiste Welt: oder was wir darunter verstehen, worauf wir uns diesbezüglich geeinigt haben. So mit jeder weiteren Zeile das Weiterschreiben meiner Geschichte vollziehen; den *lesenden* Blick dabei immer nach vorne gerichtet halten, denn: eine Umschreibung vergangener Umstände wäre ein Fehler, eine berichtigende Lüge meiner dreckigen Person.

1.58 Ab dem Moment, Ariadne, in dem wir begannen, auf ein tatsächliches gemeinsames Leben zuzusteuern, wurde dir die Vorstellung davon immer unerträglicher. Vielleicht ja auch gerade eben weil ich bereit gewesen wäre, alles für dich aufzugeben, dir überallhin zu folgen: wenn du es nur gewollt hättest. Jedes Mal, wenn ich dich danach gefragt habe, hast du den Kopf ein wenig schief gelegt, gelächelt und gemeint, natürlich würdest du das wollen, wenn ich es nur auch tatsächlich meinen würde. Daraufhin konnte ich nicht anders, als dich immer wieder und wieder zu fragen, bis du mir schließlich die schon so vertraute Antwort schuldig geblieben bist.

1.59 Diese Worte *hallen* noch in mir; ihr Echo quält mich, bereitet mir: körperliche Übelkeit. Warum ich in meinem Träumen immer noch meinen Schwächen ausgeliefert bin. Daedalus könnte daran schuld sein, wäre ich mir nicht sicher: auch ihn getötet zu haben.

1.60　Beinahe hätte mich das Pferd erwischt, doch im letzten Moment war es mir doch noch gelungen, es zu packen, hochzuheben und gegen die Wand des Palastes zu werfen. Eines seiner Hinterbeine, ich kann mich nicht mehr erinnern welches, knickte ein, als es sich wieder aufbäumte. Das Geräusch, als ich sein Rückgrat zerschmetterte, werde ich ebensowenig vergessen wie den Geschmack des heißen Blutes oder den verständnislosen Blick seiner brechenden Augen.

1.61　Die unerträgliche Länge und Zähigkeit eines an sich schon qualvollen Tags treibt mich in eine Bar. Der Wunsch diesen endlich angebrochenen Abend auszulöschen, nach einem von Ruhelosigkeit erfüllten Tag, den ich wie ein herrenloser Hund durch die Stadt gestromert war, lässt mich nach ein wenig Entspannung bei betäubenden Getränken verlangen. Glücklicherweise kann ich im schlecht beleuchteten Raum kaum bekannte oder mir bekannt vorkommende Gesichter entdecken; ich suche mir eine dunkle Ecke und warte auf meine an der Bar aufgegebene Bestellung. Schräg gegenüber sitzt eine Gruppe junger Leute: vier Männer, gekleidet nach der neuesten Mode, die ein Mädchen, das sehr jung und verschüchtert wirkt, umringen. Sie sieht meist auf die Tischplatte, hebt nur ab und zu kurz den Kopf, um auf die von mir wegen der Lautstärke der Musik nur in den entsprechenden Gesten mitverfolgten Sprachattacken ihrer Begleiter zu reagieren, und um dann sofort wieder in ihre ursprüngliche, vielleicht also: natürliche Haltung zurückzusinken. Als kurz darauf der Stil der Musik wechselt, verlässt die Gruppe auffällig schnell das Lokal: die Männer gehen voran, breitbeinig und Gelassenheit signalisierend, das Mädchen folgt ihnen, kaum noch auszumachen in ihrer übergroßen Jacke, ganz wie eine Gefangene, eine gefügige Beute.

1.62 Die Notwendigkeit, einen alten Bekannten oder gar Freund zu ermorden, besitzt den Vorzug, dass unter normalen Umständen der Verdacht nicht gleich oder auch gar nicht auf den eigentlichen Täter fällt. In meiner Situation – und diese Notwendigkeit ist mir nicht so neu, wie ich es gelegentlich wünsche – ist aber alles abseits aller Normalität und Gewöhnlichkeit angesiedelt. Die Rollen sind deshalb aber nicht weniger klar verteilt, die Posen der Entledigung sind deshalb nicht weniger traurig oder ernüchternd. Leben bedeutet für mich den nicht enden wollenden Kampf mit den sich weiterhin auftürmenden Altlasten. Ich zünde eines der Leuchtfeuer an und warte auf ihn.

1.63 Es dauert nur wenig mehr als drei Stunden, bis er schließlich kommt. Wir sind die beiden letzten Bewohner der Stadt, die ihren Anfang gesehen haben. Wie zwei durch alte Bande verknüpfte und verpflichtete Bekannte, die wir ja auch eigentlich sind, stehen wir uns hier auf dem Dach gegenüber. Indem ich mich an ihn richte, taste ich die Einsamkeit eines Sterbenden, eines Dieners der Vergangenheit an, der einst von Bedeutung gewesen war. Eine traurige Angelegenheit, traurig und schmutzig. Ich versuche mich in der alten Sprache, nur langsam und in schweren Brocken gehen mir die einst so vertrauten Worte und Formulierungen

von der Zunge. Ich sage die Dinge so, als würde ich sie
tatsächlich meinen, als wäre ich zu etwas wie Wahrheit
und Aufrichtigkeit imstande. Mein Vorgehen ist wohl
ein wenig zu impulsiv, denn statt mir eine Antwort auf
meine Fragen zu geben, weicht er, seine Klauen vor sich
wie Waffen ausgestreckt, langsam ins Dunkel zurück.
Aber er braucht mir nichts zu sagen, damit ich verstehe.
Einer Eingebung folgend, lasse ich ihn gehen, gar nicht
daran denkend, die wartenden Einsatzkommandos auf
den Plan zu rufen. Es ist noch Zeit, es muss noch Zeit
sein.

1.64 Ein geradezu für mich ausgelegtes Opfer ist die Fort-
setzung der unübersehbaren Spur. Sie sind so verzweifelt, dass sie mich schließlich sogar abholen und zum
möglichen Tatort bringen. Dort stehen die Polizisten
in kleinen Gruppen unschlüssig umher, beäugen mich
misstrauisch aus sicherer Distanz. Einer von ihnen führt
mich wortlos in ein nahes, unbewohntes Haus. Der Keller ist vollständig überflutet, das Fundament des Gebäudes wahrscheinlich schon vollständig unterspült. Das
brackige Wasser ist undurchsichtig und stinkt bestialisch,
eine Leiche treibt in den trüben Fluten dieses kleinen
Sees. Ich lege einen Teil der Kleidung ab und steige vorsichtig hinein, das Wasser reicht mir fast bis zur Brust.
Mühsam kämpfe ich mich im Schein einer Taschenlampe
voran, bis ich schließlich bei der Leiche bin. Ich drehe
sie um, ich muss ihr Gesicht und ihre Arme sehen. Erst
als ich mir völlig sicher bin, die an mich gerichtete
Botschaft entziffert zu haben, ziehe ich sie heraus. Während der Körper zur weiteren Untersuchung, die nicht
aufschlussreicher sein wird als die vorhergehenden,

weggeschafft wird, lässt man mir ein wenig Zeit, reicht mir einen grobe Wolldecke und einen Becher mit Kaffee. Ein Element mehr, das man nicht gleich bemerken konnte. Das, was wir nicht sogleich sehen können, ist von größter Bedeutung. Ich schlage unter der entsprechenden Stelle nach und finde folgenden Eintrag: UNFAIR *In Bezug auf von anderen Leuten genossene Vorteile gebrauchter Begriff, wenn es uns misslungen ist, ihnen diese Vorteile abzumogeln. Vgl. auch* UNLAUTERKEIT, GEMEINHEIT, HINTER-HÄLTIGKEIT *und* DIE DÜMMSTEN BAUERN HABEN DIE DICKSTEN KARTOFFELN. Die Kunst des Abweichens, des Streifens auf den Irrwegen will gelernt und geübt sein. Die Lösung liegt im Verhältnis zwischen Bedeutung und Struktur. Ich ziehe mich wieder an, gebe den Polizisten ein aufmunterndes Zeichen. Mit verbundenen Augen taste ich mich auf der Spur dieser *Sehnsucht* weiter, die gefaltete Karte in meiner Tasche.

1.65 Warum ausgerechnet hier, könnte man sich fragen. Die Gegend ist heruntergekommen, kaum noch jemand wohnt in diesem Viertel, Besitzer und Besetzer sind kaum voneinander zu unterscheiden. Niemand fragt danach, warum auch. Das Gebäude, zu dem mich die Spur schließlich führt, hat eine Geschichte. Er hat sich nicht zufällig diese Schule als Unterschlupf gewählt. Dieses Haus ist eine Leiche aus von der Zeit geschwärzten Backsteinen, die nur auf ihre kurzfristige Wiederbelebung gewartet hat. Ich stecke meine Augenbinde ein und klettere durch ein beschädigtes Kellerfenster ins Innere.

1.66 Den Geräuschen des Hauses folgend finde ich schließlich in die Waschräume, lange, verflieste Schläuche voller verrosteter Duschen. Unter einer von ihnen steht er, noch dampfend vom heißen Wasser. Zu meiner großen Überraschung läuft er nicht weg, wehrt er sich nicht. Er steht nur da, das Fell nass, graue Strähnen durchziehen den jetzt räudigen, einst aber glänzenden und makellosen Pelz. Auf eine erschreckende und traurige Art spiegle ich mich in ihm, sehe mich auf höchst unangenehme Weise reflektiert. Er bittet, wenigstens würdevoll in seinem Anzug sterben zu dürfen. Ich wittere eine Falle, doch nicke so, als ob ich ihm seinen letzten Wunsch gewähren würde. Als er sich umdreht, packe ich ihn am Hals, breche rasch sein Genick und lasse seinen Körper langsam zu Boden gleiten. Er liegt nun auf dem Rücken, in seinen Augen scheint erstaunlicherweise immer noch etwas wie Leben zu sein – aber keine Überraschung. Er macht den Eindruck, als ob er es sich von mir nicht anders erwartet hätte. Der Ausdruck im Gesicht des wölfischen Wesens erschreckt mich, denn er sieht mich mit dem Blick eines Gerechten an, der sich gerade erst der vollen Bedeutung seiner Rolle, der Konsequenzen seiner und meiner Handlungen tatsächlich bewusst wurde.

1.67 Die Liste der Vermissten, auf die das Profil der Opfer passt, ist wesentlich länger als die in ihrer Akribie ekelhafte Aufstellung der gefundenen Körper. Ich durchsuche das Gebäude, angetrieben von einer wohl unbegründeten Hoffnung, ich möchte meine schlimmsten Erwartungen eingelöst sehen. Im Heizungskeller werde ich fündig. Er hat einen Vorrat angelegt, eine

Schreckenskammer, die eine Busladung verderblicher Schönheit, was auch immer man darunter verstehen möchte, enthält. An den Wänden hängen Trophäen einer traurigen Jagd, Belege für den verabscheuungswürdigen Abglanz einer vergangen Zeit und Größe. An dem, was ich sehe, schule und schärfe ich meinen Blick und meinen Ekel. Inmitten dieser verrottenden Trostlosigkeit sitzt eine Angekettete, die mich stumm und teilnahmslos ansieht und erst zu schreien beginnt, als ich sie von ihren Handschellen befreie und nach draußen trage: immer wieder beteuernd, dass sie nicht getragen werden wolle.

1.68 Wir sitzen nebeneinander im Vorgarten des gegenüberliegenden Hauses und beobachten das von mir angesteckte Schulgebäude, wie Teenager wohl ein außer Kontrolle geratenes Lagerfeuer betrachten würden, es gerade wegen seiner zerstörerischen Kraft überraschend schön und anziehend findend. Sie zittert noch einige Zeit, sinkt dann aber doch schlafend neben mir zusammen. Ich erwarte mir, dass der Wolf, einem Filmmonster gleich, noch einmal aus den brennenden Trümmern auferstehen, einen letzten Kraftakt mythologischer Unbändigkeit vollbringen wird. Doch zu meiner Enttäuschung passiert nichts, es bleiben das Geräusch und das Licht des Feuers, das das Schulgebäude verschlingt, an den Trägern und Mauern nagt, bis sie schließlich nachgeben.

1.69 Nachdem ich sie bei der nächsten Polizeiwache wie ein Paket abgegeben habe, nehme ich ein Taxi nach Hause. Der Fahrer mit dem kahlrasiertem Schädel klopft während der ganzen Fahrt mit seinen dürren Fingern auf die überdimensioniert wirkende kugelsichere Weste, wie um sich ihrer Wirksamkeit und ihres Vorhandenseins zu versichern. Aus dem Funkgerät des Wagens kommt eine Vielzahl von Geräuschen, die sich mit den Meldungen der Patrouillen vermischen und zusammen eine verstörend stimulierende Atmosphäre der Gespanntheit erzeugen: ganz so, als müsse etwas passieren, wo doch ohnehin ständig etwas zu passieren scheint.

2. NACHSENDEAUFTRAG

The symptom of love is when some of the chemicals inside you go bad. So there must be something in love because your chemicals do tell you something.

Andy Warhol: THE Philosophy of Andy Warhol

2.1 Eine der eingelangten Postkarten verwende ich als Lesezeichen. Ich erinnere mich nicht mehr genau, wann und wie ich diese Karte erhalten habe, doch ich schmunzle immer wieder beim Lesen des tröstlichen Textes, der in einer Form von verkürzter Geheimsprache, einer Kurzschrift des Einverständnisses verfasst zu sein scheint: in einer über die Freundschaft hinausgehenden Vertrautheit, die weder die Absenderin noch ich je den Mut hatten: auszutesten.

2.2 Unter einem Vorwand sage ich unser Treffen ab, schiebe verschiedene Gründe vor, um dich heute nicht sehen zu müssen. Als du schließlich etwas erschöpft nachgibst, bedauere ich meinen Entschluss fast schon wieder. Kurz bleibe ich noch neben dem Telefon sitzen, als würde ich in diesem Moment genau beobachtet werden. Dann erst suche ich meinen besten Anzug heraus.

2.3 Natürlich beschäftigt mich die Überlebende der jüngsten Ereignisse noch weiterhin. Ich arrangiere ein Wiedersehen, doch wie schon bei unserem ersten, schüchternen Telefonat entsteht auch während unseres Treffens in einem mittelmäßigen Restaurant kein wirkliches Gespräch. Nur kurz streifen wir in unserer schleppenden Unterhaltung das Ende der Untersuchungen und die wohl notwendigen Vertuschungen durch die Behörden. Ansonsten versuche ich nur etwas wie eine halbherzige Warnung vor meiner Person anzubringen, dass ich nicht wirklich weniger gefährlich als der Wolf wäre, sondern eben nur phlegmatischer, grüblerischer. Sie wischt meine Bedenken mit einer lockeren und auch aufreizend wirkenden Handbewegung hinweg. Das bestellte Essen lassen wir unangetastet wieder zurückgehen.

2.4 Ihr kleiner heißer Steinbauch, der flach auf mir ruhte und eben nicht lastete: ich spürte ihn ebenso wenig wie den dazugehörigen Körper. Ich musste meine monströsen Pranken ausstrecken, versuchen, sanft über die weiche Haut zu streichen, und mich überzeugen.

2.5 Über die Bedingungen dieser neue Beziehung bin ich mir ebenso unsicher, wie ich mir unschlüssig bin, ob dieser Fall als gelöst angesehen werden kann. All das ist eine neue, mir gänzlich unvertraute Situation, oder genauer noch: eine Situation, die ich nicht mehr gewohnt bin, an die ich mich nicht mehr erinnern kann. Ich schlage, als würde ich noch mitten in den Ermittlungen stecken, im *Handbuch* nach: *LOGIK Die Summe der Gesetzmäßigkeiten, die das menschliche Denken beherrschen. Ihre Natur kann man durch die Untersuchung der zwei folgenden Aussagen bestimmen, die beide häufig von Menschen für wahr gehalten werden, oft sogar von denselben Personen:* ‚*Ich kann nicht, folglich darfst du nicht*‘ *und* ‚*Ich kann, also darfst du nicht*‘. Ich bin fast schon erschrocken über die Präzision der Angabe. Ich werde das Buch wohl behalten, es behalten müssen.

2.6 Diese eingeübte Abschiedslitanei, die du mir schließlich wieder am Telefon vorgetragen hast. Die Verbindung wäre schlecht, hast du gemeint und aufgelegt: wie überraschend ehrlich.

2.7 War unsere Begegnung ein Zufall? Man wird uns schließlich freundschaftlich, doch neugierig danach fragen. Wir werden uns ansehen, lächeln und schweigen. Ungefähr so könnte ich es mir vorstellen. Leichter noch fällt mir aber die Vorstellung, dass es zu solchen oder ähnlichen Situationen gar nicht kommen wird. Du erinnerst mich an etwas, es ist eine kleine Wiedererweckung, die ich hier erleben darf. Eine kleine und – wie es mir die Übelkeit, die mit meinen Gefühlen einhergeht, vorgibt – wohl auch nur kurze Reanimation, ein Austesten der Brauchbarkeit meiner Emotionen für den Ernstfall, der aber nicht eintreten wird.

2.8 Was ungesagt bleibt, verschwiegen wird, woran wir denken, womit wir aber weiter nichts *wagen*. All das fällt heraus, muss erfunden, ausgestaltet werden. Streng dich an, vielleicht lohnt es sich dann.

2.9 Mich wegen meines Körpers möglichst vorsichtig auf dir bewegend, komme ich mir wie ein emotionaler Pflichterfüller vor. Wenn ich deine Hand halte, dich zu beruhigen versuche und es mir einfach nicht gelingen will, weder dir zu dienen noch mich loszureißen, komme ich mir wie ein nutzloser Schwächling vor. Du lächelst erschöpft und all meine Vorsätze, die Erfahrungen langer Jahre verlieren vorübergehend ihre Gültigkeit.

2.10 Sie sagt mir ihren Namen und er klingt in meinen Ohren wie ein Versprechen, das sie nicht einlösen wird. Sie lächelt und ich empfinde wieder eine seit langem überwunden geglaubte Angst. Zu meiner falschen Beruhigung denke ich an den schnell – gar zu schnell – begangenen Verrat, an die Leichtigkeit, mit der die nicht weniger übereilt abgelegten Schwüre nicht vergessen, doch zumindest verdrängt werden. Sie lächelt und ich rufe den Gedanken an die letzte atemlose Nacht wie einen Datensatz auf.

2.11 An meinen groben Fingern haftet der Geruch der Schuld, ständig fühle ich mich deshalb beinahe ertappt. Als könntest du, wie du mir so gegenüber sitzt, meine Gedanken lesen, als würde sich der Blick einer gebrochenen Unschuld in meinen Augen, ganz Beweis meiner Untreue, spiegeln.

2.12 Ein Antennenwald, der die Dächer der Häuserzeilen ziert, leuchtet im Sonnenuntergang, den ich vom Fenster aus beobachte, auf. Die Kommunikation und die Zirkulation von Informationen ist in den letzten hundert Jahren an die Stelle der Industrie getreten. Mit dem

Versagen der neuen Faktoren und Entwicklungen wurde das unumkehrbare Versinken aber nur noch beschleunigt. Vor mir entfaltete sich eine mir restlos entglittene Stadt, die ich so nie gemeint habe, die so nie vorgesehen war.

2.13 Sie schläft den Schlaf der medikamentös Betäubten, nur scheinbar erholsam, weil im Inneren leer und von einer Unruhe gekennzeichnet, die sich von ihrem Gesicht ablesen lässt und sich von dort weiter ausbreitet. Ein Zucken durchläuft ihre Muskulatur, die einzige Bewegung ihres ansonsten wie erstarrt daliegenden Körpers.

2.14 In den frühen Morgenstunden mache ich mich auf den Heimweg, genieße die ungewöhnliche und zugleich angenehme Frische der Luft. Eine Frau, noch in ihrer Party-Aufmachung, kommt mir entgegen. Mit der verwischten Schminke, ihre Frühstückseinkäufe umklammernd und an sich pressend, gibt sie ein eigenwilliges Bild ab. Doch was mich wirklich an ihr beeindruckt, ist ihr Gesichtsausdruck, insbesondere ihr Blick, der klarmacht, dass sie die Welt – und dies nicht nur gerade eben – als persönliche Beleidigung, als Anmaßung ihrer Person gegenüber empfindet. Ich möchte auf sie zugehen und ihr zustimmen, sie für einen Moment aus ihren Gedanken reißen und sie umarmen. Ihr mit dieser Geste also verdeutlichen, dass ich die allgemeine Situation ähnlich sehe, ich also ein Verbündeter bin. Doch ich lasse die Möglichkeit verstreichen, an der diese höflich gemeinte Übertretung in ihrer wahren Bedeutung umsetzbar gewesen wäre. Sie passiert mich, ohne dass es dazu kommt, nur eine Duftspur aus Parfum, Alkohol und frischem Gebäck zurücklassend.

2.15 Am nächsten Morgen bin ich noch ganz schlaftrunken, dennoch ist mir erschreckend klar, wie praktisch jederzeit alles zu Ende sein könnte. Das permanente Risiko einer zufälligen Begegnung, eines unglücklichen Zufalls, einer kleinen Unvorsichtigkeit. Es bräuchte nur so wenig, um das fein durchdachte und geplante, doch fragile Spiel zu einem sofortigen, gewaltvollen Ende zu führen. So bleibt das Hängen an Augenblicken, an Momentaufnahmen, die der Kopf anstelle eines Apparates macht. Es bleibt der qualvolle Aufschub des ewig Unentschlossenen.

2.16 Wie um meinen guten Willen, meine Gefühle zu beweisen, besorge ich zwei Karten für eine Theaterpremiere. Alle Gäste stehen, sich verzweifelt amüsierend, vor dem Gebäude, gehen auf und ab, halten nach Bekannten Ausschau. Im freundlichen Zunicken, den oberflächlichen Umarmungen und dem Austausch von Küssen liegt der wahre Wert, liegt die eigentliche Inszenierung, der bloß eine Bühnenaufführung folgen wird. Wartend stehe ich am Rand der illustren Gesellschaft, ignoriere Blicke und Gesten, so gut es geht, und hoffe, dass sie doch noch auftauchen wird. Doch als die Bediensteten zum wiederholten Male die Besucher hineinbitten, damit das Stück endlich beginnen könne, bin ich mir sicher, dass wir uns heute nicht mehr sehen werden. Ich gehe hinein, halte auf meinen Logenplatz zu, ihre Karte in meiner Smokingjacke.

2.17 Beim Telefonieren, aus der Deckung, aus der Sicherheit dieses Schützengrabens am anderen Ende der Leitung heraus, willst du dann nur noch wissen, wann ich nun endlich weiterfahre, wegfahre, wie ich es angekündigt habe, so: wie ich es als unabänderlichen Teil meiner eigenartigen Person erklärt habe, die ich dir so häufig vorenthalten hätte. Ich versuche zu antworten; etwa: dass ich nur bezüglich meines Körpers bereit gewesen wäre, Kompromisse einzugehen – aber nie bezüglich meines monströsen, gehörnten Kopfes. Noch bevor ich zum Rest, zum wesentlicheren Teil meiner Antwort ansetzen kann, fragst du in eine Atempause hinein: wann ich denn nun verschwunden sein werde. Ich dehne die Pause, die nun entsteht, kurz aus, entziffere die Frage *hinter* der Frage: wann ich also endgültig aus deinem Leben geschieden sein werde. Ein gelangweiltes Seufzen nutzend, versuche ich zu verdeutlichen, dass ich deine Frage nicht verstehen kann, wo ich doch schon so lange fort bin. Hier wäre nur noch ein Schatten, den ich einst geworfen habe; ich wäre schon lange weit weg, hätte sie mit dieser schlechten Kopie meines SELBST zurückgelassen. Ob ich denn nicht noch etwas sagen will, fragst du.

2.18 An dem Abend, an dem ich dir schließlich doch von ihr erzählen wollte, dir endlich sagen wollte, dass es mit uns so nicht mehr weitergehen könne, an eben diesem Abend gestehst du mir die schon vor Monaten heimlich *vollzogene* Rückkehr deiner großen Liebe und dass du schwanger wärst. Für einen Moment sage ich gar nichts, nippe nur an meinem Eistee, dann gratuliere ich dir trotz meines Schmerzes, sage, wie sehr ich mich für dich freue. Dass nun endlich das eingetreten wäre, was du dir immer erwünscht und erhofft hast. In dem Moment, in dem ich diese Dinge sage, glaube ich sie sogar, bin ich mir absolut sicher, dass diese Aussagen für mich tatsächlich wahr sind, war mir dein Glück doch immer noch ein Anliegen. Du strahlst mich an, leuchtest förmlich und drückst freundschaftlich meine Hand. Ich bin mir trotzdem nicht sicher, ob meine Worte das waren, was du dir von mir erwartet hast. Vielleicht wäre es dir lieber gewesen, wenn ich herumgebrüllt, mein Glas zerschmettert und dann einfach hinausgestürmt wäre, ohne die Rechnung zu bezahlen. Doch ich bleibe ruhig sitzen, stelle höflich die Fragen, die mir angebracht erscheinen, und gebe Bemerkungen von mir, die als aufmunternd und bekräftigend verstanden werden können. Es ist, als müsste ich nur Passagen aus einem Benimmbuch möglichst glaubwürdig rezitieren, in angemessenem Ton, mit dem richtigen Blick versehen: Die opportune, korrekte Unterhaltung entfaltet sich auf diesem Weg dann ganz wie von selbst. Bald schon aber sind alle Worthülsen verbraucht, die Phrasen ausgesprochen und unser Gespräch gleitet zusehends ab: wen ich denn jetzt treffen und mit wem ich ausgehen würde. Das sind höfliche, harmlose Umschreibungen für die Wirklichkeit, denke ich. Da ich nur ausweichende, unklare Antworten gebe, willst du von mir wissen, wie meine Idealfrau aussehen würde, wie diese sich denn verhalten und geben sollte. Wie auf deinen Scherz eingehend, der mich tiefer trifft als deine eben geäußerten Geständnisse, beginne ich mit dir zusammen drei Frauentypen zu skizzieren, gleich Gradmessern auf einer Skala zwischen *ideal* und *unerträglich*. Immer wenn du für den angeblich besten Typ eine ihrer Eigenschaften nennst, zucke ich innerlich zusammen: ganz so, als wollte ich *all das* nicht wahrhaben. Nachdem das Gespräch endgültig zum Erliegen gekommen ist, brichst du unter einem Vorwand auf. Ich bleibe noch sitzen und leere unsere Gläser: wie ein Obdachloser, der, nach Resten suchend, in einer überfüllten Bar von Tisch zu Tisch zieht und dabei sicher in der Menge verborgen bleibt.

2.19 „Du fickst phantastisch/aber/du bist nullachtfünfzehn/als Detektiv." Das in meine Richtung verschobene, auf meine ungeschlachte Person zugeschnittene Zitat scheint mir Lob und Tadel zugleich zu sein. Sie lächelt milde, abwartend und überlegen. Ich möchte etwas Passendes erwidern und kann dann doch nur automatisch Details zum Maschinengewehr 08/15 von mir geben. Ich spule meinen Text ab, als würde ich ihn gelangweilt aus einer Enzyklopädie ablesen. Sie sieht mich mit großen Augen ungläubig an, gegen meinen Willen mache ich ihr Angst. Sie hatte wohl eine andere, heftigere und persönlichere Reaktion erwartet, die den Umständen wohl auch angemessener gewesen wäre.

2.20 Ich bemerke, dass etwas von der Nachspeise auf ihrem linken Schneidezahn kleben geblieben ist, sehe diese süße Spur hin und wieder aufblitzen, wenn sie lacht

– was sie oft tut –, und kann nur mit Mühe den Impuls unterdrücken: ihren überaus weißen Hals zu küssen und mich zu ihrem von der vorhin genossenen Süßigkeit verschmierten Mund vorzuarbeiten.

2.21 Sie weckt mit ihr wohl unbewusster Leichtigkeit, oft nur mit einem Nebensatz, diese mir innewohnende tierische Wut. Von unserem grausamen Spiel mit kalkulierten Provokationen können wir, obgleich wir um unser Verhalten und die Fragilität unserer vagen Verbindung wissen, in unserem Stolz und Trotz nicht ablassen. Wir treiben uns zu harten und verletzenden Geständnissen, als bäumten wir uns gegen ein *drohendes Glück* auf.

2.22 Die Art, wie sie neben mir im Kino vor Begeisterung herumrutscht, aufspringt, hörbar: Atem holt und sich meiner Anwesenheit immer wieder mit einem Seitenblick versichert, rettet ihr schließlich das Leben.

2.23 Immer wieder passiert man nun Gebäude, deren Rückseiten und Innenleben deutlich sichtbar sind. Rohre und Leitungen verlaufen entlang der Fassaden mit schon obszöner Deutlichkeit; fast so, also ob sich die Innereien und Organe der Gebäude nach außen gestülpt hätten, um einer Obduktion zuvorzukommen.

2.24 Ich passiere einen der überdimensionalen Bildschirme, und erkenne darauf einen der führenden Stadtpolitiker. Es ist gar nicht notwendig, wirklich zuzuhören, um auf den Inhalt seiner Ansprache schließen zu können: Es ist die vorherrschende Tendenz der letzten Wochen, praktisch ausschließlich über die Notwendigkeiten und Vorzüge eines nahenden Krieges zu predigen, die in diesem Fall noch um ein eindringliches, in der Wortwahl eingeschränktes und deshalb umso massentauglicheres Repertoire an Phrasen ergänzt wird. Die Kamera zoomt während der Sondersendung – so die erläuternde Einblendung im rechten unteren Eck des Bildes – immer näher an das Gesicht des Sprechenden heran, bis schließlich nur noch sein überdimensional vergrößerter Mund zu sehen ist, der deshalb wie ein vom restlichen Körper vollkommen losgelöstes, verzerrtes Maul wirkt, während seine Stimme lauter und aggressiver wird. Unklar bleibt, ob auch dies bewusster Teil der Propagandastrategie oder doch subtiler Sabotageakt eines aufgebrachten Dienstleisters ist. Ich nehme mein *Handbuch* hervor und schlage, um ein wenig Sicherheit zurückzugewinnen, darin nach: FÜHRERSCHAFT *Eine Ausdrucksform des Selbsterhaltungstriebs, institutionalisiert von Personen mit selbstzerstörerischen Fantasien, um dafür zu sorgen, dass im Ernstfall nicht die eigenen, sondern anderer Leute Knochen durch die Mühle gedreht werden.* Durch das Zitat beruhigt und auf unangenehme Weise auch bestätigt, stecke ich das Buch wieder ein und kann mich, wie von einem Bann befreit, aus dem Einflussbereich des Monitors herausbewegen, während die Passanten ringsum weiterhin auf den geifernden, die Zähne bleckenden Mund starren.

2.25 Nun nur noch die Schrift als Transportmedium nutzen, sie als das tauglichere Vehikel anerkennen: wesentlich besser und geschützter als etwa die Stimme, der verräterische Klang einer brüllenden Missgeburt, der mich sofort enttarnen würde. Mein Beschränken auf zaghafte Gesten, die trotz meiner Vorsicht immer noch zu schwungvoll geraten; nur noch, wenn es nicht zu vermeiden ist, ein paar Worte ausspeien, aber auch nur: mit verstellter, gedämpfter Stimme, sodass kaum jemand in der Lage ist, mich zu verstehen und sich dann zumeist doch mit meiner Körpersprache zufrieden gibt, glücklich, diese unbefriedigende Unterhaltung auf diesem Wege abkürzen oder unterbrechen zu können.

2.26 Der heruntergeschluckte Nachsatz, die im Ersatz entstehende Nachschrift, Darlegungen und Verleugnungen: eine Ansammlung von Lügen, Halbwahrheiten und: Fakten. Was auch immer: das sein mag. Hier macht sich das Ungleichgewicht, die Unverzeihlichkeit des Ungesagten bemerkbar. Nach den Worten gehen uns nun auch die Bilder verloren.

2.27 Die Veränderungen in der Stadt durch die deutlicher werdende Bedrohung, die Räume schließen sich wieder stärker ab, die Bewohner kehren zu den Mauern zurück, auf deren zweifelhafte Sicherheit sie so restlos bauen. Eine Sicherheit, auf die sich die Mitglieder der verschiedensten Schichten und Milieus aus unterschiedlichen Gründen verständigen konnten. Ein seltsamer, ungewohnter Anflug von brüchiger Einigkeit liegt über allem. Doch die Gewohnheiten der Einwohner ändern sich merklich. Dies scheint mir das erste sichere Zeichen einer sich anbahnenden Niederlage zu sein. Man tendiert wieder zu Übervorsichtigkeit, der Feind agiere ja schon hinter den eigenen Linien.

2.28 Nachrichten über weitere Anschläge im Stadtbereich häufen sich. Die sorgfältig ausgewählten Ziele dieser ersten Schläge, Kirchen und Tempel etwa, ähnelten in ihrer Konstruktion und Form den Körpern der Bewohner. Es sind die Bauten, die stellvertretend für die Menschen den Attacken zum Opfer fallen. Hier anzusetzen, war überaus effektiv. Mit dem Sprengen der Disziplin der Geometrie und der mitgemeinten Körper löste man einen Schock aus, der in Relation zur *Direktheit* des Angriffs selbst steht. Es konnte nun nicht mehr lange dauern, bis sich neue Post, neue Aufträge einstellen würden.

2.29 Sie ist die einzige Person, die für mich wirklich unverzichtbar sein könnte – und gerade deshalb bin ich davon überzeugt, dass sie mich schon in absehbarer Zeit verlassen wird. Trotz ihrer jugendlichen Beteuerungen und Schwüre, ihrer ungestümen Leidenschaft wohnt dieser Zweifel, diese Gewissheit in mir und ich fühle, dass ich es auch gar nicht anders verdient habe.

2.30 Obwohl es regnet, trägt sie ihre Sonnenbrille, und es macht den Eindruck, als wäre sie blind und die dunklen Gläser würden milchig-weiße Augäpfel verbergen, nicht ihre stechenden blauen Augen bewahren. Ich nehme ihr gegenüber Platz und noch bevor ich einen Satz sage, sie auch nur begrüße, nehme ich meine eigenen Sonnenbrillen aus der Jackentasche und setze sie auf: Chancengleichheit.

2.31 Wir wollten das anhaltend schöne Wetter nutzen und verabreden uns wie für eine heimliche Flucht in einem bei den Künstlern der Stadt sehr beliebten Kaffeehaus, das in der Nähe zu einem der zahlreichen Märkte liegt. Sie wollte zuvor noch ein paar Dinge erledigen und einen lang verschollen geglaubten Freund bei sich zu Hause empfangen. Ich bin zu diesem Treffen nicht eingeladen, was mich eigentlich nicht weiter stört. Ich erhoffe mir von der Zeit vor unserem Treffen die Möglichkeit eines ausgedehnten Spaziergangs, allein mit meinen Gedanken. Ich bin noch nicht lange unterwegs, als ein heftiges Sommergewitter losbricht und ich meine Schritte in Richtung des Kaffeehauses beschleunige. Auch die anderen zahlreichen Passanten ringsum fallen mit dem plötzlichen Wetterumschwung in einen deutlich schnelleren Rhythmus zurück, die gelassene Ruhe des Sonntags verschwindet unter dem an die Oberfläche tretenden Trubel der Arbeitswoche. Als ich bei unserem Treffpunkt anlange, finde ich das Kaffeehaus und alle Lokale in der näheren Umgebung geschlossen vor. Wie zum Trotz stehen die metallenen Stühle und Tische immer noch im Freien. Ich ziehe einen der Stühle unter den Dachvorsprung des Lokals und beschließe zu warten. Ich sitze, die menschenleere und bei diesem Wetter trist wirkende Marktanlage beobachtend, doch sie erscheint nicht zum vereinbarten Zeitpunkt. Ich warte noch eine volle Stunde, dann erst mache ich mich auf den Weg zu ihrer Wohnung. Durch den stärker werdenden Regen marschiere ich durch die Straßen, bis ich schließlich bei ihrem Haus ankomme. Auf mein Läuten öffnet mir niemand, obwohl ich das Gelächter der anwesenden Personen aus dem Inneren hören kann. Kurz überlege ich, die Türe einfach aufzubrechen, mache mich aber nach nochmaligem erfolglosem Läuten wie ein weggejagter Hund davon.

2.32 Wir geben vor, die Tränen nicht gesehen, das kleine Seufzen der Verzweiflung nicht gehört zu haben. Eine erbärmliche Bilanz des Privaten. Wir weisen schon jetzt einen Verlust aus.

2.33 Ich halte Nachtwache auf dem Flachdach meines Hauses, das Telefon ist neben mir auf dem schmutzigen Betonboden aufgestellt. Das Verlängerungskabel des Apparats zieht sich wie eine graublaue Nabelschnur einer erwarteten Totgeburt durch das Stiegenhaus. Der Regen hat nun nachgelassen, die Feuer, die wie regelmäßig über die Stadt verteilt wirken, sind nun wieder deutlicher zu sehen. Sie tauchen auf und verschwinden wieder, das sie ständig begleitende Heulen der Sirenen ist ein eigenwilliger Gesang, den der Wind zu mir trägt. Der Sonnenaufgang quält sich schließlich herbei, das Telefon hat nicht geläutet. Man sollte meinen, alles sei

außer Kontrolle geraten. Nein. Alles ist bereits längst
außer Kontrolle, ich habe es bisher nur übersehen
wollen.

2.34 Was an Städtischem hergestellt und erhalten werden
sollte, wo die Orte tatsächlich verlorengingen, versuchte
man sich in der nächsten Zeit, auf symbolischer Ebene
zurückzuholen. Doch alle Aktionen – Aufmärsche,
Kundgebungen und dergleichen mehr – wirkten etwas
verzweifelt und waren, wie sich schließlich heraus-
stellen sollte, vollkommen vergeblich. Die Entrüsteten
erleben das Versagen einer Lebenspraxis, die den neuen,
veränderten Bedingungen als Entwurf entgegengestellt
werden sollte. Doch die Brüchigkeit der Stadtgesell-
schaft trat immer deutlicher zu Tage, spiegelte sich in
der Unübersichtlichkeit der wiederbelebten Vielzahl
lokaler Zentren. Die geschlossenen Räume im alten,
von den jüngsten Angriffen nun besonders in Mitleiden-
schaft gezogenen Zentrum waren nun nur noch den
Reichen und Mächtigen zugänglich und demonstrierten
trotzig ihre oberflächliche Ungebrochenheit und Unbe-
siegbarkeit in einer Unmenge weithin gut sichtbarer
Leuchtreklamen.

2.35 Bei der nächtlichen Fahrt mit dem Luftschiff erhoffe ich
mir die dringend notwendige Aussprache mit ihr. Als
wir uns dann gegenübersitzen, ist mir noch nicht klar,
ob nun über die Möglichkeit einer Beziehung oder die
Notwendigkeit einer Trennung geredet, ja geradezu
verhandelt werden soll. Lange bleiben wir schweigend

und starr in den schweren, mit dunklen Stoffen überzogenen Stühlen sitzen, werfen nur hin und wieder einen Blick auf die beleuchtete Stadt, die sich scheinbar grenzenlos und ohne Rand unter uns ausbreitet. Als ich mich vorbeuge und etwas sagen möchte, das das beruhigende und einschläfernde Pulsieren der Motoren am Heck übertönen soll, also einen versöhnlichen Anfang machen will, explodiert in Sichtweite unserer Fensterplätze ein Sprengsatz tief unter uns und lässt eine Reihe von Häusern wie Dominosteine umstürzen.

2.36 Ich benutze das aufbewahrte Eintrittsticket als Postkarte, als direkt an sie gerichtetes Schreibpapier, das meine überdeutlichen Spuren und sie betreffenden Nachrichten ganz unübersehbar enthält. Es ist kaum noch notwendig, SO GEHT DAS NICHT in großen schwarzen Lettern darauf zu schreiben. Ich tue es aber trotzdem.

2.37 Ich füge mir Schnitte zu, um mich zu überzeugen, dass ich noch zu Empfindungen – welcher Art auch immer – fähig bin. Doch auch diese Strategie der Selbstversicherung versagt zusehends. Mein Körper ist voller Narben, doch wie taub: Ich betrachte das Blut, das an mir herabrinnt, sehe mich im Spiegel wie jemanden, den ich durch ein geheimes Guckloch beobachte.

2.38 Efeu klebt wie Pelz an den Wänden der Häuser, eine unheimliche Lebendigkeit, die alle Strukturen durchzieht, mitbestimmt. Etwas ist ganz und gar nicht in Ordnung, ich kann es nur noch nicht zuordnen.

2.39 Selbst jetzt noch, zu diesem Zeitpunkt des Konflikts und der Ernsthaftigkeit der näherrückenden Kämpfe, komme ich immer noch hierher. Eine seltsame, fast schon widersprüchliche Geborgenheit geht von diesem Ort des Wissens aus, der mich gelegentlich die Stadien der Zeit zumindest für ein paar Augenblicke vergessen lässt. Hier und jetzt gelingt es mir, immer und immer wieder dieses Wo und Wann aufrufend, einen kleinen Blick auf die Rückseite der Dinge, ihren Unterbau werfen zu können. Wie ein Körper schlüsselt mir ein Nacken, ein Rücken oder eine Hüfte die im Gespräch angedeuteten Geheimnisse zumindest teilweise auf. In der Linie eines Haaransatzes, eines gemauerten Umrisses lese ich etwas, das vielleicht die gesuchte, gefürchtete Wahrheit sein könnte.

2.40 Was soll das heißen, denke ich mir beim Blättern in meinen Notizen, was genau: Ich sei nicht so unschuldig, wie ich immer behauptet hätte?

2.41 Wie sie es leid wäre, bedeutungsvolle Blicke – sie wählt in ihrem ironischen Ton tatsächlich diese Formulierung – auszutauschen. Mit ihrer kleinen, starken Rechten hält sie mich an der Schulter, mich mehr in der Distanz fixierend denn zu sich ziehend. Wie sehr mir, so fährt sie dann etwas resigniert fort, das Land ihrer Sehnsucht, trotz meiner gegenteiligen Beteuerungen, immer fremd und verwehrt bleiben wird. Das Gespräch endet abrupt, sie steht einfach auf und läuft davon. Mit zynischen Floskeln abgespeist und wie ein kleiner, trotziger Schuljunge vorgeführt, bleibe ich mit meinen unausgesprochenen Antworten zurück, mich mehr wie eine geladene Waffe denn wie ein Lebewesen fühlend.

2.42 Die korrekten und akribischen Unterlagen, aufbewahrt in den Archiven und Bibliotheken der Stadt, schwanden, verblichen. Die Vergangenheit – und mit ihr die *Geschichte* – verging nach und nach in den für die Öffentlichkeit unzugänglichen Speichern. Der Verfall, den die Belagerung mit sich brachte, führte aber auch zu einer Veränderung des Aussehens der Stadt und ihrer Bewohner. Die umfangreich angelegten, notwendigen Reparaturen wurden niemals abgeschlossen. Stattdessen verbanden sich die zahlreichen Baustellen und Gerüstkonstrukte beinahe harmonisch mit den massiven Schäden, die die Kämpfe bewirkt hatten. Ergänzt wurde und wird all dies noch durch die einander palimpsesthaft überlagernden Zeichensysteme und Codes, die gleichwertig nebeneinander existieren und deren Botschaften, so sie zu entschlüsseln sind, widersprüchlich oder veraltet erscheinen. Kaum noch jemand macht sich die Mühe, diesen fragwürdigen Hinweisen nachzugehen. Plastikplanen flattern traurigen Fahnen gleich im Wind, dessen Kühle ich kaum noch spüren kann. Am Horizont meine ich ein Feuer zu sehen, das sich wie ein Lebewesen bewegt.

2.43 Es sind die jüngsten Ereignisse und ein altes Nervenleiden, die ihr die Welt noch unerträglicher machen als mir. Es ist dies ein Zustand, der mit dem Phänomen der Zeit verbunden ist, ein Zustand, der sie veranlasst, ständig ihre gesamte, völlig unabgeschlossene Vergangenheit zu aktualisieren. Deshalb entzieht sich ihr die Gegenwart, es bleibt nur die besorgniserregende Aussicht auf die Zukunft. Der Zustand des Jetzt, so führt sie weiter und wie unter Schmerzen aus, der jeweilige Augenblick wäre ein Augenblick der Qual, den sie immer nur mit besonderen Mühen und unter Aufbringung all ihrer Kräfte hinter sich bringen könne. Dies sei nicht zuletzt auch deshalb ein solch mühsamer Prozess, weil ihre Gebundenheit an eine ständig zu aktualisierende und natürlich auch ständig anwachsende Vergangenheit, eine extreme körperliche Anstrengung für sich, abseits meiner frechen Forderungen, darstelle. Ihre flirrende, mosaikhafte Person sei, so bot sie es mir dar, zu großen Teilen von der Gegenwart und dem Moment des Jetzt abgewandt, und auf die Vergangenheit ausgerichtet, was ihre eigenartige und zugleich auch schon wieder einzigartige *Haltung* zu erklären vermochte.

2.44 Die Lösung, auf die wir uns in unserer eigenwilligen Art geeinigt haben, entspricht unserer Kompliziertheit. Ich schneide mit einer alten Steinklinge ein neues Ich aus mir heraus, als könnte ich meinen Schatten abtrennen und mit ihm meine besten *Brocken* für sie zusammenziehen. In einer vollkommen Verletzung, also einer Wunde aus zwei Schnitten, verwirklicht sich das rettende Ritual, unsere letzte Möglichkeit. Ich versuche, ihr die Vorgehensweise und die Gefahren dieses

Schrittes zu erklären, wie uns diese Tat für kurze Zeit aus der sogenannten Wirklichkeit hinauskatapultieren wird. Sie sieht mich wieder mit diesem ungläubigen Blick an, als wäre ich nicht ich, sondern nur irgendein durchschnittlicher Wahnsinniger. Trotzdem stimmt sie zu und ich beginne mit den Vorbereitungen. Die dumpfe Hoffnung, dass dieser letzte alte Zauber dort wirksam werden wird, wo Hoffnung und Liebe versagen, begleitet meine lang nicht ausgeführten und deshalb selbst für mich ein wenig fremd wirkenden Handgriffe. Ich versuche, nicht daran zu denken, dass ich eigentlich nicht mehr an Wunder glaube. Ich habe schon zu viele gesehen. Es überrascht mich doch ein wenig, wie schmerzhaft der Prozess ist und wie wenig anders ich mich fühle, als ich nach einigen Stunden, schwitzend und schnaufend, das Ende der Prozedur vollziehe. Mein anderes Ich hebt ihren kleinen, leichten Körper auf, geht mit ihr schweigend davon, während ich vor Erschöpfung wie betäubt zurücksinke.

2.45 Möglichst lautlos schleiche ich mich zur Tür in ihre Wohnung hinein, durchquere das dunkle Vorzimmer, passiere die gepackten Koffer und orientiere mich am intimen Schimmer einer kleinen Lichtquelle, die vom Schlafzimmer aus etwas wie eine Leuchtspur bietet. Sie liegen, nur undeutlich zu sehen, im eingefärbten Schein einer kleinen roten Lampe, im Bett und bewegen sich mit der Vertrautheit eines alten, doch nicht gelangweilten Liebespaares. Vorerst wage ich es kaum, einen Blick auf sie zu werfen, werde aber mit der Zeit, die der Akt dauert, mutiger und stelle mich schließlich gut sichtbar in den Türrahmen. Während ich ihre Bewegungsabfolgen, ihre klammernden Griffe und erhitzten Körper studiere, frage ich mich, ob ich all das nicht auch provoziert, geradezu herausgefordert habe. Schließlich wälzt er sich von ihr, noch haben sie mich, während sie nun schwer atmend und einander an den Händen haltend nebeneinander liegen, nicht bemerkt. Schließlich bewegt sie sich, eher unwillkürlich und einem sich streckenden Tier gleich, ein wenig in meine Richtung und sieht mich in meiner mir innewohnenden Teilnahmslosigkeit hier stehen. Für einen sehr kurzen Moment hält sie den Atem an, herrscht etwas wie Stille. *Love is a four letter word.*

3. NOTQUARTIER

Do you remember the first kiss?
Stars shooting across the sky
To come to such a place as this
You never left my mind

I'm watching from the wall
As, in the streets, we fight
This world all gone to war
All I need is you tonight

P.J. Harvey: One Line

3.1 Ein weiterer Brief, ein weiterer Auftrag, erreicht mich. Der Tonfall des Schriftstücks ist drängender als sonst, hektisch und besorgt. Etwas ist also tatsächlich ganz und gar nicht in Ordnung. Ich bin romantisch veranlagt, deshalb werde ich diesen letzten Auftrag annehmen. Ich werde mich an dieser Tat, diesem Plan beteiligen, gerade weil alles undurchführbar und hoffnungslos scheint. Solche *Qualitäten* haben mich schon immer beeindruckt und gereizt.

3.2 Ich muss mich von der Möglichkeit eines vollständigen, hermetischen Bildes verabschieden. Stattdessen sollte ich versuchen, den stattfindenden Untergang in der Zersplitterung, in Fragmenten einzufangen. Was davon ich mir nur einbilde, darüber bin ich mir jetzt noch vollkommen klar, wird immer schwieriger von dem abzulösen sein, was angeblich tatsächlich passiert. Wie also wird sich mein ganz persönlicher Untergang in die allgemeine Apokalypse fügen? Das kann ich ebensowenig beantworten wie die nicht unberechtigte Frage, wie echt dieses *Ende* tatsächlich sein wird. Du kennst meine Methode, ich kann nur intuitiv vorgehen.

3.3 Die Stadt war, seit ich denken kann, unter Belagerungszustand, geprägt von permanenten Kämpfen und Frontlinien, die hin und wieder durchbrochen werden konnten. Diese Erfolge verschafften uns Belagerten kurze Perioden des Aufatmens in beinahe regelmäßigen Abständen, ganz wie die sich wiederholenden, sadistischen Aktionen einer *würgenden* Hand um einen langsam nachgebenden Hals. Nichts würde damit wirklich verändert werden, es wäre mehr eine Verlängerung des sinnlosen Aufbäumens, eine verklärte Verweigerung gegenüber dem verflogenen Zauber.

3.4 Der allgemeine Verfall, der wie eine Krankheit auch auf die Bewohner der Stadt übergegriffen hat, brachte Krankheiten und unheilbare Leiden mit sich, die das Leben nicht beendeten, aber erschwerten. Geburtenrückgänge in beunruhigendem Ausmaß wurden verzeichnet, nicht selten spielte jemand verrückt. Die destruktiven Prozesse der kriegsbedingten Veränderung überwanden alle Hindernisse, erwiesen sich gegen jede Schutzmaßnahme als resistent. Schließlich beugte man sich den *Gegebenheiten* – ein verabscheuungswürdiges Wort, das sich für die herrschenden Zustände eingebürgert hat.

3.5 Das vorsätzliche Einnehmen kleiner Dosen einer Substanz, die in größeren Mengen vielleicht sogar für mich schädlich oder gar tödlich sein könnte. Ich genieße den bitteren Geschmack, rolle die schluckweise zu mir genommene zähe Flüssigkeit wie teuren Wein im Mundraum herum, spiele ein wenig mit diesem *kleinen Tod*, schlucke. Später mache ich meinen gewohnten Gang in die Bibliothek, in der ein bislang ungesehenes Durcheinander herrscht. Die Regale sind teilweise leergeräumt oder auch umgeworfen. In Stapeln, in Kisten oder auch lose verstreut liegen und stehen die Bücher herum. Die wenigen Anwesenden bewegen sich langsam und scheinbar planlos durch die sich verschlimmernde Unordnung. Es ist nicht klar, ob das Vorbereitungen zur Umlagerung der Bestände sind oder die Bibliothekare angesichts der drohenden Niederlage schon aufgegeben haben. Unschlüssig und doch auch unbeachtet stehe ich im Eingangsbereich neben dem unbesetzten Informationspult und kann mich nicht dazu entschließen, mich in die einst so vertrauten Regalreihen zu wagen. Versuchsweise gehe ich ein wenig vor, doch die Vielzahl der umherliegenden Bände lässt mich wie vor einer soliden Mauer aus Papier und Leinen zurückschrecken. Mein Blick fällt eher zufällig auf den Tisch mit den Büchern, die zur freien Entnahme vorgesehen sind. Angesichts der Zustände ringsum wirkt dieses Gratisangebot solide und geordnet. Mit der sich plötzlich einstellenden Gewissheit, dass dies ohnehin mein letzter Besuch hier sein wird, nehme ich mir vor, mit meinen Angewohnheiten zu brechen. Mit übertrieben festem Schritt, wie um die Menschen ringsum von meiner Stärke und meinem Selbstbewusstsein zu überzeugen, gehe ich auf den Tisch zu. Doch niemand beobachtet mich, kaum jemand in meiner Nähe scheint überhaupt mein Auftauchen bemerkt zu haben. Ich wühle ein bißchen, bis ich mich für einen abgegriffenen, braunen Lederband – eine vielgelesene Ausgabe des *Le Petit Ducasse* – entscheide. Ruckartig drehe ich mich um, das Buch unter dem Arm.

3.6 Die halb zerstörte Kathedrale liegt da wie die abgestürzte Fähre gestrandeter Götter und Götzen. Die steinernen Statuen liegen zertrümmert umher, heilige Körperteile mischen sich mit dem Schutt zerbombter

Wohnhäuser und dem Unrat, mit dem die Hunde spielen. Die prunkvollen Häuser ringsum sind mürbe geworden, haben ihre Substanz eingebüßt. Wie Sterbende sinken sie stöhnend zusammen, reißen dabei nicht selten ein angrenzendes Gebäude mit sich.

3.7 Quarantäne und Embargo definieren eine gänzlich neue Normalität. Grenzen nach innen und außen verschieben sich laufend, spalten die sich teilweise überlappenden Zonen des Verbotenen und Verpönten. Hier gibt es keinen Durchgang. Hier auch nicht.

3.8 Die übergelaufenen Kanäle haben zwei der tiefergelegenen Bezirke in kleine Lagunenstädtchen verwandelt, die auf den ersten, ungenauen Blick wie eine Bereicherung der Szenerie wirken. Es ist nur eine Frage der Zeit, bis man die ersten Leichen aus diesen neuen Gewässern fischen wird. Was für Namen werden diese Seen erhalten? Für einen Moment bin ich versucht, mich entmutigt an einem der frisch entstandenen Ufer einfach hinzulegen und aufzugeben. Nicht weit von meinem Standort kann ich eines der alten, inzwischen isolierten Bezirkstore ausmachen, das mir wie ein monumentales Relikt vorkommt, vielleicht sogar wie ein steinerner Wegweiser.

3.9 Ein Hinweisschild neben dem Eingangstor eines Friedhofes, das mich im Vorübergehen zutiefst erheitert: Die Mitnahme von Tieren ist verboten.

3.10 Das Geld verliert zusehends an Wert, es gibt kaum noch etwas, das man dafür kaufen könnte. Die Belagerung versetzt uns in einen Zustand des Tauschens zurück, weil eben kaum noch jemand an die Zukunft glauben mag, die die alten oder zumindest vertraut wirkenden Zustände wieder zurückbringen würde. Selbst wenn ich noch an die Wiederherstellung und Rettung der Stadt glauben würde, was ich unter diesen Umständen kaum noch kann, wer sollte mein Geld annehmen? Ich streife durch die dunkler werdenden Straßen, während langsam die Nacht etwas wie eine bleierne, schwüle Decke über dieser geplagten Gegend ausbreitet. In meiner Tasche habe ich drei große Konservenbüchsen bei mir, die ich einer jungen Prostituierten für ihre Dienste anbiete. Zusammen mit ihren Kolleginnen hat sie die fortgeschrittene Tageszeit auf die Gasse getrieben, einem Rudel edler, doch verwilderter Tiere gleich streifen sie in einem engen Terrain umher. Sie sieht mich hungrig und freudlos an, der Ekel vor mir steht ihr ganz deutlich ins Gesicht geschrieben. Wie um Rat fragend blickt sie sich zu den anderen Frauen um, die mich und die Konserven argwöhnisch ansehen. Eine tritt schließlich vor und nimmt mir die Büchsen selbstsicher aus der Hand. Sie wiegt sie in der Hand, sieht nach dem Ablaufdatum, dann nickt sie wortlos vor sich hin. *Deal.*

3.11 Wie in der belagerten Stadt die Landwirtschaft wieder aufgenommen wird, eine Urbarmachung des Bodens, der unter den steinernen Belägen gewartet hat, um sich in Zeiten der Krise als bewahrtes Gut, als verdeckt gehaltener Schatz und Verbündeter zu erweisen.

3.12 Ich spaziere am Flussufer entlang und kann einen heillos überladenen und veralteten Raddampfer beim Ablegen beobachten. Die Musik der aus nicht näher bestimmbaren Gründen ebenfalls an Bord befindlichen Dixieland-Band vermischt sich mit dem andauernden Sirenengeheul der Feuerwehren zu einer passenden akustischen Untermalung der Szenerie. Nach und nach gewinnt das Schiff tatsächlich an Geschwindigkeit, das typische Hornsignal ertönt wie ein Zeichen jugendlichen Elans und Übermuts. Die Musik verliert sich ebenso wie das Geräusch der Sirenen, ein langsames *Fading*. Die Stille danach finde ich tatsächlich beunruhigender als die inzwischen schon vertraute Kakophonie der sterbenden Stadt.

3.13 Meine Suche führt mich in eines der zahlreichen Krankenhäuser. Die Flure sind überflutet, irgendwo ist ein Rohr geborsten, durch das immer noch Wasser an die Oberfläche gepumpt wird. Eine kleine Flut gleitet über den schmutzigen Boden und treibt Aktenmaterial vor sich her, bis sie nach und nach zu grauen Lachen erstarrt. Ein weiterer Schwall versetzt dann alles wieder in Bewegung und hinterlässt bei mir den Eindruck, dass es im Inneren des Gebäudes regnen würde, während sich draußen ein blasser Sonnenschein durch die dichte Wolkendecke kämpft.

3.14 Ich passiere das Denkmal eines einst sehr mächtigen Mannes, offensichtlich eines Herrschers. Die verschiedenen Regierungswechsel der Jahrhunderte haben ihre

Spuren hinterlassen, Narben auf dem steinernen Körper. Das Gesicht ist nicht mehr zu erkennen, ohne dass es je wirklich von Bedeutung gewesen wäre. Ein Blick in den Ducasse bestätigt mir meinen Eindruck: *Mein ganzes Leben lang sah ich die Menschen mit engen Schultern, ohne eine einzige Ausnahme, stupide und zahlreiche Taten vollbringen, sah sie ihresgleichen verdummen und die Seelen mit allen Mitteln verderben. Das Motiv ihrer Handlungen nennen sie: Ruhm.*

3.15 Die Klinke zerbröselt förmlich unter meinem nicht übertrieben festen Griff. Ich wische den rostigen Staub in meinen fleckigen, schwarzen Mantel, es ist egal. Dann stoße ich die Tür zu unserer ehemaligen gemeinsamen Wohnung auf.

3.16 Ich bin für einen kurzen Moment tatsächlich schockiert darüber, wie sehr sich alles verändert hat. Alle Möbel wurden ausgetauscht, die Wände gestrichen, die Stoffe ersetzt. Mir ist, als wäre ich noch nie hier gewesen, obwohl ich ganz sicher bin, in der richtigen Wohnung zu sein.

3.17 Ein Zimmer, eingerichtet wie es der Katalog eines Möbelhauses vorgibt: Alles ist an seinem Platz, bloß könnte kein Mensch hier wirklich leben. Alles trägt zu einer Täuschung bei, einer perfekt ausgeführten Tarnung, die mir keinen Anhaltspunkt bietet, den der Katalog nicht vorgesehen hätte. Habe ich etwas übersehen?

3.18 Ob die Gegenstände, die du berührt hast, etwas von dir aufgenommen haben, etwas wie Aura oder Erinnerung? Ich sehe deine kleinen kindlichen Hände vor mir, ein wenig schmutzig und mit schief geschnittenen Fingernägeln. Du hast deinen Kopf weggedreht, dich als trotziges Kind bezeichnet, während ich deinen Hals küsste. Ob sich die Gegenstände also nun an etwas erinnern, und woran genau?

3.19 Hin und wieder kommt ein Zug oder ein Flugzeug aus der Stadt hinaus. Es gibt keine Gewissheit, ob die flüchtenden Passagiere die feindlichen Linien unbeschadet passieren können und tatsächlich irgendwo ankommen werden. Hin und wieder hat man mir ein Ticket angeboten, manchmal habe ich es angenommen. Doch ich habe die Reise nie angetreten, ich habe diese kleinen papiernen Optionen immer an dich weitergeschickt, getragen von der törichten Hoffnung, dich zumindest in Sicherheit wissen zu können. Ich stelle mir vor, während ich in den Unterlagen krame, wie der Mann ausgesehen haben könnte, mit dem du die Stadt schließlich verlassen hast: Er wird wohl jünger sein als ich, vielleicht sogar in deinem Alter, eventuell das von dir ersehnte perfekte Gegenstück, passend abgestimmt bis hin zur Frisur. Ich kann hier keine Spuren von ihm finden. Die Wohnung ist verwahrlost, verlassen, das halb leergeräumte Lager eines nachlässigen Antiquitätenhändlers. Unter der liegengebliebenen Post finde ich auch einen meiner Briefe. Eines der Tickets und die mir jetzt so unpassend und pathetisch vorkommenden Korrespondenzkarten stecken noch immer im nachlässig aufgerissenen Kuvert.

3.20 Ein paar kleine Papierstücke liegen auf der Anrichte. Reste von Briefen, so scheint es. Das erste Schriftstück, das ich in die Hand nehme, endet mit dem Satz: *Ist dies geschehen, so wird Ew. Majestät keine Veranlassung haben, die Art meines Todes zu bedauern, da der Verlauf meines Lebens nicht vermocht hat, Euren Beifall zu erringen.*

3.21 Darunter liegt ein älterer, unvollständiger Entwurf, dessen zierliche Lettern mich an deine Schrift erinnern. Ohne sagen zu können, ob wirklich du diesen Text verfasst hast oder er sich gar an mich richtet, beginne ich zu lesen: *Stellt eine Untersuchung an, gütiger König, aber eine gesetzmäßige, und lasst nicht meine geschworenen Feinde als Ankläger und Richter über mich das Urteil sprechen. Ja, stellt eine öffentliche Untersuchung an (meine Wahrhaftigkeit braucht keine öffentliche Beschämung zu fürchten): dann werdet Ihr entweder meine Unschuld an den Tag gelegt, Euren Verdacht und Euer Gewissen beruhigt, die Schändlichkeit und Verleumdungssucht der Welt zuschanden gemacht oder meine Schuld klar und offen bewiesen sehen. Dann wird Ew. Majestät, was Gott oder Ihr auch über mich beschließen mögt, frei von jedem offenen Tadel dastehen, und wenn meine Verfehlung auf diese Weise gesetzmäßig bewiesen ist, so steht es Ew. Majestät sowohl vor Gott wie vor den Menschen frei, nicht nur über mich als eine untreue Gattin eine gerechte Strafe zu verhängen, sondern auch Eurer Neigung zu folgen, die sich bereits endgültig auf eine Dame gelenkt hat, um deretwillen ich mich in meiner jetzigen Lage befinde und deren Namen ich Ew. Majestät seit geraumer Zeit hätte nennen können, da ich sehr genau weiß, nach welcher Seite sich mein Argwohn zu richten hat.* Ich wünschte, das würde nicht so viel Sinn ergeben.

3.22 Ich starre aus dem Fenster deiner Wohnung. Der Rahmen hängt schief in der Wand, das Glas fehlt vollständig. Ich lehne mich vor, atme die kühle Abendluft ein, den einen, befreienden Schrei unterdrückend.

3.23 Gegen vier Uhr morgens spielt der DJ ein Lied, in dem ungewöhnlich oft mit *suck* und *fuck* mehr schlecht als recht gereimt wird. Ich bin zu diesem Zeitpunkt noch nicht betrunken genug, um nicht zu bemerken: wie unverschämt dieser *Nummer* gelauscht, wie verhalten gegrinst wird.

3.24 Ich nehme ein Mädchen aus einer Bar mit, spreche sie auf dem Weg zum Aufzug irrtümlich mit deinem Namen an, doch sie zuckt nicht einmal zusammen. Alles geht seinen Gang, ganz erwartungsgemäß. Ein wenig übermütig spreche ich sie nun ganz vorsätzlich erneut mit deinem Namen an, aber es dürfte ihr wohl wirklich nichts ausmachen, sie scheint diese Umstände gewohnt zu sein. Ist das nun eine Frage des Preises oder doch der persönlichen Verzweiflung und Lethargie? Ich werde sie vielleicht morgen danach fragen.

3.25 Es läuft leise Musik im Hintergrund. Ich streichle wie geistesabwesend eine Katze, die auf dem Fußboden meines Wohnzimmers kauert und das warme Licht der durch das Fenster hereinscheinenden Sonne genießt. Du legst wie selbstverständlich deine Hand auf meine

Schulter, sagst, dass du jetzt bleibst. Langsam drehe ich mich zu dir um.

3.26 Das ist alles wunderschön, bis mich das Gewitter, das draußen tobt, weckt.

3.27 Ich bin schon zu lange wieder alleine, ich bin noch nicht wieder alleine genug. Dieser absurde Gedanke ist das erste, was mir nach dem Aufwachen durch den Kopf geht. Auf eine natürliche Art und Weise war ich immer schon alleine, unterbrochen von Zweisamkeiten, die meinem Naturell eigentlich gar nicht entsprechen. Ich muss versuchen, von meinem kindlichen Verlangen endlich Abstand zu gewinnen. Nach all der Zeit kann ich etwas wie Reife noch immer nicht für mich beanspruchen. Ich lese im *Ducasse – Es ist nicht unmöglich, Zeuge einer regelwidrigen Abweichung im verborgenen oder sichtbaren Ablauf der Naturgesetze zu sein –*, während ich Tee trinke und hin und wieder aus dem Fenster sehe, als müsste ich den heutigen Zustand der Welt auf seine Tauglichkeit hin kontrollieren.

3.28 Wie ich: das Warten satt hatte, und dann doch nur noch das Gefühl genoss, wenn ich durch dein ins Bett Gleiten geweckt wurde, deine Hand auf meinem Nacken spürte. Ein Gefühl der Ruhe machte sich dann kurz in mir breit und ich wollte dir: den Schlüssel zu mir nicht mehr wegnehmen. *Tell me, tell me, tell me the answer.*

3.29 Ich hätte dir gerne von der kleinen Wunde erzählt, die ich mir eine Zeit lang erhalten habe, eine Stelle, an der du mich einmal im Scherz gebissen hast, eine kleine Wunde, die schnell und ohne eine Spur zu hinterlassen verheilt wäre. Ich habe sie nachgebessert, immer wieder mit einer Rasierklinge ein bisschen aufgefrischt, um mich an diesen süßen Moment zu erinnern, um dann aber nach und nach die Lust an dieser Prozedur zu verlieren, die Wunde so sehr zu vernachlässigen, dass sie schließlich verheilen musste, eine kleine Narbe gezüchtet, die auf Grund der zahlreichen zugefügten Schnitte einem winzigen Fadengewirr ähnelt. Aber schon während meines ersten Satzes unterbrichst du mich, meinst, du könntest dich nicht daran erinnern, mich gebissen zu haben, machst eine wegwerfende Handbewegung, mit der du meine Unverbesserlichkeit bloßstellst.

3.30 Die sich weiter ausdehnende Katastrophe bewegt sich wie ein eigenständiges Lebewesen durch die Straßen, alles durchdringend und mit einer neuen Botschaft infizierend. Die organisierten Glaubensformen bieten kein Fundament mehr, die Straßenschluchten hallen wieder von den Schreien der sinnlos Geopferten. Keine Geste, keine Bitte kann die Realität mehr abwenden: *Wie lange wirst du den wurmstichigen Kult dieses Gottes bewahren, der für deine Gebete und großzügigen Gaben, die du ihm als Sühneopfer darbringst, unempfindlich ist? Sieh, dieser furchtbare Manitu ist nicht dankbar für die weiten Schalen von Blut und Hirn, die du auf seinen fromm mit Blumengirlanden geschmückten Altären vergießt. Er ist nicht dankbar ... denn Erdbeben und Orkane wüten unablässig seit Anbeginn der Dinge* — so bestätigt es mir ein Blick in den *Ducasse*, in dem ich immer wieder blättere, während ich meine Waffe reinige.

3.31 Was ist mit dem Licht? Eine nicht enden wollende Dämmerung hat vor ein paar Wochen den undeutlicher gewordenen Rhythmus zwischen den Tageszeiten abgelöst. Es gibt kaum Sonnenlicht, der Himmel ist bedeckt und die Wolken hängen so tief, dass man glaubt, sie berühren zu können, wenn man sich nur darum bemühen wollte. Die E-Werke sind inzwischen restlos überlastet, die Leitungen alt und brüchig. Der Strom fällt immer wieder in ganzen Stadtteilen aus, um dann – ganz ohne fremdes Zutun – wieder ordnungsgemäß zu fließen. Doch die Abstände zwischen den Unterbrechungen werden immer kürzer, Kerzen sind inzwischen auch schon Mangelware.

3.32 Die Natur der Katastrophe nimmt, zu meiner Verwunderung, immer noch neue Formen an. So verschwimmen etwa die Grenzen zum Umland, der urbane Raum bläht sich weiter auf. In einem Hinterhof brät eine undefinierbare Figur in abgetragener Kleidung die Reste eines vielleicht angefahrenen Wilds über einem offenen Feuer. Ich kann nicht anders, als auf die Szenerie zu starren, fühle mich an Kunstwerke erinnert, die ich einmal gemocht habe. Der Boden unter unseren Füßen ist brüchig, kleine Pflanzen dringen durch die Betonschichten, erlauben nach und nach Einblicke in das Innenleben der Stadt, geben den Blick auf ein Gerippe aus Röhren frei. Ich stehle mich wie ein peinlich berührter Galeriebesucher davon, besonders darauf achtend, wohin ich trete.

3.33 Die Verflüssigung der Menschen, der Landschaft, der Objekte. Alles gerät außer Form und entfaltet sein unheimliches Potential. Ein ungeahnter Schrecken lauert in dem, was wir als alltäglich wahrnehmen.

3.34 Die beste Lösung scheint mir nun die Auflösung, das absolute Aufgehen im Zustand der Löschung. Ich verwische die Spuren nicht einfach nur, ich tilge sogar die Rillen und Kratzer im eigentlich glatten Material. Es ist die Wiederherstellung der totalen Natürlichkeit, der bloßen Nacktheit und des Nichts in seiner Perfektion, durch die künstlichsten Hilfsmittel, die ich eben zur Verfügung habe.

3.35 In welchem symbolischen Jahr all das passiert, in wie vielen tatsächlichen Jahren all dies passiert – Letzteres spielt für mich keine Rolle mehr, bin ich doch unsterblich, solange ich am Leben bin, irgendwie: lebendig bleibe. Ich träume wieder, unendlich lange und anstrengend, wirre Sequenzen, die alle in stille Winterlandschaften münden. Als ich aufwache, bin ich mir nicht sicher, wie viel Zeit vergangen ist, ob es nur Stunden oder doch Tage waren. Ich gehe ans Fenster und zu meiner Überraschung ist alles von einer leichten Schneedecke überzogen, wo doch eben noch spätsommerliche Temperaturen geherrscht haben. Der Schnee verdeckt den Zustand der Stadt, weißt alles aus. Der Wetterumschwung scheint aus meinen Träumen hervorgebrochen und in die Wirklichkeit gelangt zu sein, die unter den Veränderungen zum Stillstand, zu erzwungener Ruhe kommt.

3.36 Der Himmel verfärbt sich, wie unter Schlägen, von Blau zu Schwarz. Ein kleiner tröstlicher Moment, der mich auf dem Heimweg nach einem langen Spaziergang auf einer der Brücken innehalten lässt, den *Ducasse* wie einen Reiseführer aufgeschlagen in meiner Rechten: *Wir sind in einer Winternacht, da die Elemente von allen Seiten aufeinanderprallen, da der Mensch sich fürchtet und der Jüngling einem Verbrechen an einem Freunde nachsinnt, wenn er das ist, was ich in meiner Jungend war.* Ich verstaue den Band in meiner Manteltasche, setze mich auf den schmutzigen Betonboden und sehe nach oben. Die fallenden Flocken werden nun schwerer, dichter. So also endet es.

4. EINBAHN

Let me remind you of genius
The wash of healers and robes mystics
Bedeviled and jeweled in a forever crown
The stars will line up for me

Billy Corgan: *A Portrait of Oblivion*

4.1 Es scheint ganz so, als hätten wir etwas von Bedeutung überstanden, ohne der Begebenheit dann aber die Wichtigkeit zuzumessen, die sie verdient hätte. Wir sind uns bewusst, dass eine Rückkehr in einen Zustand der Unschuld absolut unmöglich ist; schon der Wunsch danach zeugt von unseren kindischen Haltungen. Zumindest ist das rücksichtslose, überschwängliche Gefühl des Sieges ausgeblieben, stattdessen wird alles von der dumpfen Empfindung abgewendeter Besiegbarkeit dominiert, von einem Makel, einer Erinnerung an die Sterblichkeit.

4.2 Die Stadt ist nun eine fast menschenleere Winterlandschaft, ein weiteres Gemälde. Der frühe Morgen und das mir besonders vorkommende knirschende Geräusch, wenn ich als Erster über den frisch gefallenen Schnee gehe, stimmen mich auf eine befremdliche Art froh. Ich passiere auf meinem Weg den Tiergarten. Die geborstene Mauer gibt den Blick ins Innere frei: Die verbliebenen, also von der Bevölkerung nicht verzehrten Tiere bewegen sich langsam durch den so abrupt hereingebrochenen Winter, wie Statuten, die zum Leben erwachen, während alle anderen Bewohner durch den Schock eher verlangsamt scheinen.

4.3 In der Stadt und ihrer Umgebung finden nur noch kleinere Gefechte und Scharmützel statt. Nach dem plötzlichen Ende folgt nun das unvermeidliche Austragen alter Rivalitäten. Ein paar Leichen mehr, so der Konsens der Allgemeinheit, würden wohl nicht weiter auffallen. Wie ein Feldherr schreite ich die Gegend ab, ohne auf die Zeit zu achten, Hunger oder Kälte zu verspüren. Ich wähne mich beim Inspizieren der Verwüstungen unbeobachtet, lasse mich zu pathetischen, lächerlichen Gesten eines großen Mannes – was auch immer das in der Vorstellung der Allgemeinheit sein mag – hinreißen. Zwischen den Gräben spiele ich ein kleines Theater für mich selbst durch, verliere mich im Gedanken an die Nachwehen dieser Belagerung, die der Einbruch eines überraschenden Friedens, der nun auf den Ausbruch und das Ende eines viel weniger überraschenden Krieges folgt, mit sich bringen wird.

4.4 In den Randbezirken und den Vororten wird für mich deutlich, wie sich das klassische Schlachtfeld aufgelöst, in zahlreiche Miniaturstellen fragmentiert hat. Es ist ein Spaziergang wie über einen Acker im Winter, die lebendige Erde unter dem Weiß vermutend. Die erstarrte Maschinerie des Krieges, Fahrzeuge und Artillerie, verlassen und toten Tieren gleich, liegt über die Ebenen vor der Stadtgrenze verstreut. Ich bin ein wenig überrascht und auch enttäuscht, wie wenige Leichen zu sehen sind. Alles ist von einer beunruhigenden Stille, und immer wieder wird bei dieser Besichtigung deutlich, wie wenig das tatsächliche Schlachtfeld mit all seinen tatsächlichen Verwüstungen mit den vermittelten Abbildern zu tun hat. Ich muss an die Gefechtszentrale denken, eine Feuerleitstelle in der Nähe eines Stadttores, die ich vor wenigen Tagen entdeckt habe. Die Anlage war menschenleer und verwüstet, in einem Zustand von eigenwilliger, bedrückender Schönheit fixiert.

4.5 Es ist ihr Herz, sagt der Arzt mit mitleidiger Miene, als er seine Untersuchung abgeschlossen und mich mit einer kleinen Bewegung aufgefordert hat, mich wieder anzuziehen. Er sagt diesen kurzen Satz so, als würde er mir damit etwas gänzlich Unbekanntes und Neues eröffnen. Ich nicke nur wie eine Spielzeugfigur vor mich hin und knöpfe weiter mein Hemd zu. Als ich meine Krawatte binde, mich in der Glastüre eines mit Probepackungen gefüllten Arzneikastens undeutlich spiegle, stelle ich pflichtbewusst meine Frage: Und? Darauf scheint ihm nichts einzufallen. Er setzt sich wieder in seinen bequemen Ledersessel hinter dem so unheimlich leeren Schreibtisch und vergräbt die Hände in den Taschen seines makellosen Mantels. Das Stethoskop, das er immer noch um den Hals hat, sieht nun wie ein skurriles Schmuckstück aus. Er seufzt, dann setzt er zu einer ausweichenden Antwort an.

4.6 Ich höre jetzt ständig alte Platten und bleibe bei einer Single von Womack & Womack hängen, die ich nächtelang spiele. An einem der folgenden Morgen läuft die Platte immer noch, da ich auf dem Sofa eingeschlafen bin. Kopfschmerzen machen die Musik noch unerträglicher. Unter Aufbietung aller Kräfte stehe ich auf, nehme die Single vom Plattenteller und zerbreche sie in vier Teile.

4.7 Da ist eine Vergangenheit, die nicht vergehen will, weil sie mir innewohnt, mich mehr bestimmt und ausmacht, als ich bereit bin einzugestehen. Es ist mir unmöglich, mit meinem Leben, meinem Sein zu brechen. Ich spüre ein Verlangen zur Rückkehr zu alten Gewohnheiten. Es gibt unverlernbare Bewegungsabläufe, *moves*, an die sich mein Körper auf eigentümliche Weise immer noch erinnert. Ich lächle den posierenden Mädchen zu, meine Gesichtsmuskeln tun es fast von alleine.

4.8 Ich halte es schließlich nicht mehr aus, stehle trotz meiner technischen Unbegabtheit erfolgreich einen Wagen und fahre immerzu nach Süden, das Zentrum hinter mir lassend. Ich gönne mir nur kurze Zwischenstopps in einem der sich ausdehnenden Außenbezirke, um ein paar Straßenkarten zu kaufen. In Gedanken zimmere ich eine absurde, filmisch anmutende Rahmenhandlung für mein Verhalten zurecht, ähnlich der Fluchtphantasien meiner Kindheit. Dabei wird dieses Hirngespinst weniger zur Rechtfertigung meiner Vorgehensweise als vielmehr zum infantilen Versuch, meinen fragwürdigen Handlungen etwas wie Bedeutung und gehaltvolle Verhältnismäßigkeit zu verleihen. Doch schon wenig später reißt mich ein Stau aus meinen Gedanken und raubt mir in erschreckend kurzer Zeit allen Mut. Von meinem Entschluss abgebracht nehme ich die nächste Abfahrt zurück in die sich ausweitende, gänzlich *leergelebte* Stadt.

4.9 Zu Hause angekommen öffne ich den Briefkasten in der Hoffnung einen Brief von dir vorzufinden. Alles mögliche ist in das kleine Metallfach gestopft – Prospekte, Rechnungen, eine Urlaubskarte von meinem Bruder, eine Büchersendung –, aber keine Zeile von dir. Das

Fach klafft auf wie das Maul eines Ungeheuers, das auf die Frage, wer von uns beiden nun tatsächlich weniger *existiert*, auch keine Antwort parat hat. Ich war wohl lange genug hier, versuche mir vor Augen zu halten, dass sich die Umgebung wie eine fremdgewordene Vertraute dauerhaft abgewandt hat.

4.10 Ein Gefühl wie Heimweh macht mir den so dringend benötigten erholsamen Schlaf unmöglich. Ein Gefühl wie Heimweh nach einem Ort, der nicht mehr existiert. Ich werde bis zu dem Zeitpunkt ein Getriebener sein, an dem ich mich wieder zu einem Tanz hinreißen lasse, bis zu dem Zeitpunkt also, an dem ich mir einen neuen heimatlichen Ort *gründe*.

4.11 Der Bahnhof war immer schon ein Ort des Dazwischen, eine Schnittstelle, die wie eine Druckausgleichskammer auf der urbanen Blase hockt. Heute beherbergt er seit langem wieder Reisende, die wie Astronauten wirken, also Reisende sind, die den Taumel von Geschwindigkeit und die Entfernung suchen, in der sie sich vor der unmittelbaren Vergangenheit sicher wähnen können. Manche haben nahezu engelsgleiche Gesichter, die weder ein Lächeln noch ein Stirnrunzeln zu kennen scheinen, Gesichter, die zwischen dem Dampf der Maschinen und dem hereinbrechenden Tageslicht hervorscheinen, zwischen Dampf und Licht wie eingeklemmt wirken. Es sind trotz der Kälte noch zahlreiche andere Leute auf den Bahnsteigen, die auf ihre Züge warten. Sie alle sind dabei, die Stadt zu verlassen. Kaum jemand hier macht auf mich den Eindruck, jemanden zu erwarten, hier abzuholen und zu Hause willkommen zu heißen. Gleislabyrinthe – wie passend – weisen den Weg.

4.12 Ich habe eine Waffe bei mir, ich will vorbereitet sein. Irgendwie kann ich den Gedanken nicht abschütteln, dass man mir meine Schuld doch ansehen müsste, dass man die Umstände ganz zweifelsfrei mit mir in Verbindung bringen könnte. Doch niemand hindert mich, kaum jemand beachtet mich. Ein Mann in Eile, der mich zufällig im Vorübergehen streift, verschafft mir etwas wie Hoffnung: Nun bin ich doch noch enttarnt, erwischt worden. Noch auf dem Bahnsteig wird man nun Gerechtigkeit üben, sich sofort der Ursache allen Übels auf grausame, doch gerechte Weise entledigen. Doch nichts dergleichen passiert. Entschuldigend tippt sich der Mann, sich zu mir umdrehend und seinen Schritt nur ein wenig verlangsamend, an den mitgenommenen Hut, den zerschlissenen Mantel mit der anderen Hand enger an seinen dünnen Körper ziehend. Dann läuft er weiter, mich meiner Zukunft überlassend. Das Gewicht der Waffe fällt mir nach diesem Zwischenfall besonders auf, sie erscheint mir nun wie ein lächerliches überflüssiges Gepäckstück, das ich, einem Komiker gleich, vergeblich unter meiner Kleidung zu verbergen suche. Schnell gehe ich weiter, auf den Zug zuhaltend, der mich aus der Stadt bringen wird.

4.13 Der Blick fällt auf die vorbeigleitende Landschaft, ein Flugzeug steckt im Himmel, wirkt wie platziert und vollkommen stillstehend, während alles andere – Bäume, Felder, Häuser – in Bewegung ist. Die Luft bebt, versetzt das Glas des Fensters in Schwingung. Irgendwo beginnen die sichersten Türme einzustürzen, ihre Trümmer und Schatten fallen auch auf mich. Zwei junge Frauen, in ihr Gespräch vertieft, reißen mich aus meinen trüben Gedanken. Eine der beiden entdeckt einen aufgeweckten Jungen, der auf dem Schoß eines ernst dreinblickenden Mannes, vielleicht seines Vaters, sitzt und herumzappelt. Während der Mann und eine müde wirkende Frau ihm gegenüber, die trotz des bewölkten Wetters eine überdimensionierte Sonnenbrille trägt, wortlos vielsagende Blicke austauschen, beginnt die junge Frau quer über den Gang des Waggons hinweg eine ganz ähnliche Unterhaltung mit dem Kind: Sie streckt ruckartig, fast wie ein Teil eines ritualisierten Erkennens und Grüßens, ihre Zunge hervor. Der Junge, plötzlich in seiner Bewegung erstarrt, wendet, statt den eigenwilligen Gruß zu erwidern, den Blick ab, pikiert und irgendwie peinlich berührt. Ein Missverständnis, ein Missverstehen.

4.14 Eine junge, dicke und wirklich extrem hässliche Frau starrt während der Zugfahrt, bei der sie mir im Abteil gegenübersitzt, unablässig auf mein linkes Hosenbein: so als könnte sie darauf Spuren meiner Schäbigkeit und Belege meiner bisherigen Schandtaten ausmachen. Ihre starre Position und ihr strenger Blick machen mich ein wenig nervös. Ich schlage die Beine übereinander – eine Geste, die früher Königen vorbehalten war –, ruckle wie ein unruhiges Kind auf meinem Sitz umher. Schließlich gebe ich es auf, lasse sie noch eine Zeit lang gewähren und flüchte, einem Impuls folgend, schließlich in den Speisewagen, wo ich den Rest der Fahrt zubringe.

4.15 Ich sehe aus dem Fenster, die Landschaft und die neben uns herlaufenden Wölfe ziehen vorbei; längst nicht so langweilig, wie man immer gesagt und vorgeschrieben bekommt. Ich versuche, mir ein paar der – zumindest in meinem Eindruck – vorbeiziehenden Häuser genauer anzusehen, doch bei den wenigsten kann man, auch, aber nicht ausschließlich wegen der hohen Geschwindigkeit des Zuges, erkennen, ob sie noch unfertig sind oder schon bewohnt werden. Obwohl mich das ein wenig beunruhigt, schaffe ich es nicht, den Blick abzuwenden. Erst als es dunkler wird, die Landschaft und die Gebäude immer undeutlicher zu sehen sind, kann ich mich wieder meinem Buch zuwenden; versuche mich auf die Schriftzeichen zu konzentrieren und das langsame Verdämmern der Welt aus meinen Gedanken zu verbannen.

4.16 Der Ausdruck der Menschen, die hier aussteigen, ähnelt sich in erschreckender Weise. Es ist ein Blick, als hätte man sie eben erst aus einem verunglückten Waggon herausgeschnitten, aus den traurigen Überresten einer stolzen Maschine geborgen.

4.17 Einen alten Mann beobachten, der eine nicht weniger alte Frau auf der Straße trifft und überschwänglich begrüßt. Bei seiner Verbeugung vor ihr erinnert er mich an eine Handpuppe, er nickt förmlich mit dem gesamten Körper: aus dem Kreuz heraus. Es fehlen nur noch die Schuhe mit den übermäßig dicken Sohlen und die starren Masken des Theaters: und schon würde ich zu applaudieren beginnen.

4.18 Ich bemerke ein kleines Kind mit einem Spielzeug, mit dem es lange Ketten schillernder Seifenblasen erzeugt, die es wie eine Spur hinter sich herzieht. Dieser Anblick erinnert mich an die Geduldspiele, die in die Deckel der Behälter mit dem präparierten Wasser eingelassen waren: Unter einer grellen Kunststoffschicht war ein kleines Labyrinth angebracht und die zu lösende Aufgabe bestand darin, mit vorsichtigen Bewegungen zu versuchen, eine Vielzahl silberner Kügelchen in die dafür vorgesehenen Vertiefungen hineinzudirigieren. Während ich mich an die Unmöglichkeit erinnere, alle Kugeln gleichzeitig in ihren Öffnungen zu halten, weiche ich automatisch den Seifenblasen aus, zwinge mich dann stehenzubleiben und die Blasen einfach an mir vorüberziehen zu lassen. Keine einzige berührt mich; ich halte noch einen Moment inne, wie auf eine weitere Welle wartend, dann erst wechsle ich ungewöhnlich beschwingt die Straßenseite.

4.19 Ich trinke meinen Wein betont langsam und versuche den Blick der jungen Frau, die links von mir an der

Theke sitzt, nicht zu ignorieren, zu genießen. Kaum habe ich ausgetrunken, springe ich auf und dränge mich durch die Massen, die sich in dem Lokal tummeln, zum Ausgang hin. Überraschenderweise folgt sie mir tatsächlich nach, doch als ich mich an der Tür zu ihr umdrehe, verschwindet die Begeisterung aus ihrem Gesicht und sie meint, sie hätte mich mit jemandem verwechselt. Ich kann sie kaum ansehen und stammle, dass ich mir das schon gedacht hätte. In dem peinlichen Moment der Stille, kurz bevor sie sich umdreht und wieder zu ihrem Platz zurückkehrt, kommt mir meine schnell und deutlich gesprochene Antwort sogar recht schlagfertig vor.

4.20 Es gibt keine bemerkenswerte Landschaft außerhalb des nächsten Zuges, den ich nehme: nur weitere ununterscheidbare Bauruinen und Wohnfragmente in unterschiedlichen Stadien des Verfalls und der Unbewohnbarkeit. Es macht für mich alles nicht mehr den Unterschied, den es machen sollte.

4.21 Ich laufe, wie um diesem seltsamen Tag noch zusätzliche Stunden abzutrotzen, durch die Stadt, bis es dunkel wird. Kurz bevor ein Antiquariat, an dem ich vorbeikomme, schließt, kaufe ich ein Buch, das ich bereits in einer anderen Ausgabe besitze; doch ich möchte noch eine weitere, eine, in der ich Anmerkungen einfügen, Unstreichungen und Notizen anbringen kann. Noch im Laden, den ungeduldigen Besitzer ignorierend, schlage ich den Band auf und fühle mich schon vom ersten Satz, den ich lese, ertappt und in meiner speziellen Situation mitgemeint: „*Wer an dieser Küste lebte, der lebte und starb im Verborgenen unter den Steinen wie eine Assel.*" Ich schlendere dann die Straßen entlang, deutlich langsamer als zuvor, mich von Laterne zu Laterne vorarbeitend, immer wieder einen Blick in das Buch werfend. Vor einem Kino bleibe ich schließlich stehen und kaufe nach kurzem Überlegen ein Ticket für einen Film, den ich mir in Gesellschaft nie ansehen würde. Es ist noch ein wenig Zeit bis zum Beginn der Vorstellung, deshalb nehme ich im Café des Kinos Platz und beobachte die wenigen Gäste. Ein Ansturm des Publikums ist – wenn überhaupt – wohl erst für eine der Nachtvorstellungen zu erwarten. Langsam trinke ich den Kaffee und spaziere, getragen von einem für mich ungewöhnlichen Selbstbewusstsein, zum entsprechenden Saal, doch erst als ich meine Sitz gefunden habe und das Licht endlich erlischt, beginne ich mich wirklich sicher zu fühlen. Kurz darauf beginnt der Film und zu meiner Überraschung ersterben schlagartig alle Gespräche im Saal.

4.22 Ich weiß nicht, welcher Teufel mich in diesen Film getrieben hat, doch als all diese Hausfrauen, Mütter und Kinder ob der miserablen Handlungen und der zahllosen letztklassigen Szenen zu schluchzen und zu weinen beginnen, kann ich nicht anders: als es ihnen gleichzutun.

4.23 Bei der Fahrt mit dem Autobus habe ich den Hinterkopf einer alten Frau direkt vor meinem Gesicht, so überfüllt ist der Wagen. Unter ihrem lichter werdenden Haar kann ich ihre gebräunte Kopfhaut sehen – und auch ein Insekt, das sich unbemerkt in ihrem Haarnest niederlässt, sich in der Kopfhaut festkrallt und eingräbt, bis es schließlich fast gänzlich darunter verschwunden ist. Ich versuche diesem Geschehen keine Bedeutung beizumessen, doch bei der nächsten Tankstelle steige ich aus und untersuche auf der Toilette meine eigene Kopfhaut sehr sorgfältig.

4.24 Hier angelangt, bin ich mir nun wieder dauerhafte Gesellschaft genug. Es gibt keinen Abend, an dem ich alleine sein müsste, all dies sind bewusste Entscheidungen. Ohne meinen Willen, an dieser Existenz festzuhalten, würde ich es wohl all meinen alten Bekannten gleichtun, mich also ein letztes Mal aufbäumen, um dann endgültig zusammenzusacken und zu einem Lexikoneintrag voller Halbwahrheiten und Beschönigungen, zu einer nacherzählten Geschichte verkommen, regelrecht *herabsinken*.

4.25 Die schon erwähnte Karte führte schließlich zu einer dauerhaften Nachwirkung in meiner Lesegeschichte: Sie steckt nun schon seit geraumer Zeit in einem mir sehr wichtigen Gedichtband, wie: mir zur Mahnung. Beinahe täglich werfe ich einen Blick in den schmalen Band, der mich auf allen Reisen begleitet und bei dem ich nie unterlassen kann, an einer Stelle innezuhalten und das Gedicht, das ich inzwischen schon auswendig weiß, erneut zu lesen: *There is a pretty girl/ on the/ Face/ of the magazine/ And/ all I can see/ are my dirty/ hands/ turning the page.*

4.26 Ein Echo ihres Körpers haftet immer noch an mir. Ich spüre ihre Haare in meinem Gesicht, die scheuen Küsse, die sanfte, unsichere Berührung ihrer zartgliedrigen Finger. Ich richte rasch meine Sonnebrille und konzentriere mich wieder auf das Wasser, das die Fähre aufwühlt.

4.27 Immer häufiger bekomme ich nun Unfälle zu sehen. Meist gehe ich dann so nahe an den Ort des Geschehens wie nur irgend möglich. Dieses viele Fleisch um mich ist eine regelrechte Belagerung, die Gefahr eines Rückfalls gegeben. Aber. Der süße Geruch ist betörend, betäubend. Ich lehne dann an einer der Straßenecken, höre auf den heilsamen Klang der Sirenen, die das Näherkommen der Einsatzkräfte begleiten, schaue direkt in das irritierende Licht der Fahrzeuge, in dem man sich nach und nach zu verlieren droht. Es sind immer die gleichen Gesten der Hilflosigkeit, des Elends und der Qual; die sich ins Unermessliche steigernden Weinkrämpfe der Überlebenden, die gebückte Haltung über den oft blutig verschmierten Opfern. So: als ob sie die Seelen der Toten abhalten könnten, sich zu lösen, so: als ob sie den Moment des Todes noch ein wenig aufschieben oder gar verhindern könnten. Die Leere, die ich dabei empfinde, wenn ich wie ein *Schmerzabhängiger* in der Nähe solcher Szenen stehe, habe ich mir angewöhnt. Über einen langen Zeitraum hinweg.

4.28 Es ist eine Falle, in die wir hineingeboren wurden und es führt kein Weg heraus, der uns nicht das Leben kosten würde.

4.29 Ein Blick in das spiegelnde Fenster des Restaurants und ich entdecke Züge von Ariadnes Gesicht in meiner Fratze. Ich wünschte, ich könnte dich verstehen, Ariadne. Ich erkannte zwar die Schwierigkeit deiner Lage, das dich zerfressende Konkurrenzverhältnis zu Mutter, ich ahnte den einen oder anderen Wunsch hinter deiner Maske aus Gleichgültigkeit und königlich gutem Benehmen. Aber: vollständig verstanden habe ich das nie. Eine späte Erkenntnis, zu spät. Es gibt nun keine Möglichkeit mehr, etwas gutzumachen. Etwa dem hübschen Griechen sein Attentat zu verzeihen und ihn nicht aufzuspießen; zu spät, um dich: freizugeben, liebe Schwester. Dich ins ferne Athen oder auch: irgendwohin ziehen zu lassen – solange es noch möglich gewesen wäre. Ich wünschte, ich könnte sagen: Es tut mir leid. Doch. Das tut es nicht. Das Fenster beschlägt; es ist wohl das ungewohnte Wetter, das mir so zusetzt. Es bleibt nur der Schrei auf den Klippen, den ich manchmal noch höre.

4.30 In der Altstadt verlaufe ich mich immer wieder. Dann überkommt mich die Furcht, die Stadt selbst würde sie hier verändern und unvorsichtige Besucher, die sich von den sicheren Hauptstraßen entfernen, verschlingen: was die sich immer wieder einstellende Verwirrung beim Betreten dieses Stadtteils, wie auch das rätselhafte Verschwinden mancher Touristen erklären würde. Wie um der Stadt ein Schnippchen zu schlagen und sie in ihrem Neuordnungsprozess zu überholen, hole ich meine Straßenkarte hervor, zerteile sie entlang der geknickten Stellen und füge sie neu zusammen: SIE SIND HIER.

4.31 Ich starre wie ein ungezogenes Kleinkind auf die auffälligen roten Flecken auf dem Gesicht der Frau, die mir im Bus gegenübersitzt: Ich bin mir nicht sicher, ob es nun Spuren von Gewalt oder nur übermäßig und ungeschickt aufgetragene Schminke ist. Nur mit Mühe kann ich mich davon abhalten, über ihre Wange zu streichen und mir so Gewissheit zu verschaffen. Schließlich muss ich mich, bis sie aufsteht und aussteigt, auf meine Hände setzen, damit ich sie nicht doch noch anfasse.

4.32 Ich sage etwas wie: Ich verstehe immer noch nicht, wie du deine Kindheit überleben konntest. Meine heutige Begleitung bleibt abrupt stehen, sieht mir in die Augen und antwortet mit strenger Stimme, sie hätte ihre Kindheit nicht überlebt. Dann geht sie weiter, so als wäre nichts geschehen. Dieser Umstand erklärt einiges, meine ich versöhnlich, ihren bleichen Körper umarmend.

4.33 Ich setze mich, von meinen Vorstellungen mitgenommen, in ein Café und – als müsste ich mich von mir ablenken – tue so, als hätte ich einen wichtigen Termin. Ich breite einen dicken Stapel Papier auf dem Tisch vor mir aus, ganz wie die von mir aufmerksam beobachteten Vielbeschäftigten. Mit dem heutigen Imitationsversuch will ich versuchsweise in ein solches Leben schlüpfen, sei es auch nur für den Moment eines nie vereinbarten, eines nicht existenten Treffens. Ich bestelle Tee und eine ausgefallene Nachspeise von der Karte; das scheint dem Anlass und der Uhrzeit entsprechend. Doch der Kellner erklärt mir wie einem Kleinkind, dass außer ganz wenigen Getränken nichts von der Speisekarte verfügbar sei, ganz so, als könnte man klarerweise nur bekommen, was nicht auf ihr verzeichnet wäre. Mein Plan einer dem Augenblick verhafteten Täuschung scheint gescheitert und ich bestelle, was ich nicht lesen kann.

4.34 Die Erkundigung der kartographierten, der abgekarteten Welt hat mich nicht erschöpft, sie hat mich beflügelt und abgelenkt. Wirklich verstört hat mich nur die Gleichförmigkeit der Fallen, denen ich begegnet bin. Im *Schutzraum* eines Kellers kauernd finde ich mich in meiner Höhle, meinem Labyrinth wieder.

4.35 Wenige Stunden später pflüge ich mich durch die vom Sonnenlicht nach draußen gelockten Massen, beobachte die mich umgebenden Menschen: Einer Touristin entgleitet ihr Fotoapparat, schlägt mit einem knackenden Geräusch auf das Pflaster auf und wird im Moment des Aufschlagens noch einmal ausgelöst. Der Blitz des Geräts flammt auf, bannt die Szenerie und vielleicht auch die Frau auf der gegenüberliegenden Straßenseite – hochschwanger, der billig glänzende Trainingsanzug spannt sich über dem geschwollenen Leib, sie friert trotz der milden Temperaturen sichtlich – auf das zuvor noch unbelichtete Material. Auf dem Film der fremden Besucherin fixiert, wird sie diesem Winter niemals entkommen, wird immer diesen verzweifelten Gesichtsausdruck behalten. Die Touristin, die die Einzelteile des zerbrochenen Apparats aufsammelt, wird diese verzweifelte Figur auf dem letzten Bild des Celluloidstreifens nicht zu schätzen wissen, wird sich um die Bedeutung dieses gefrorenen Zeitpunktes keine Gedanken machen. Diese buntscheckige, verlorene Schwangere erscheint mit als verzerrter Schatten, als Abglanz meiner antiken Erinnerungen: nichts weiter.

4.36 In meinen Papieren entdecke ich einen nicht abgeschickten Brief an eine mir nicht mehr erinnerbare Empfängerin: Meine Liebe, du hast mich in einer besonders schwierigen Phase meines Leben kennengelernt – einer für meine Mitmenschen besonders schwierigen Phase. Ich verstehe vollkommen, warum du nicht mehr angerufen hast. Mir hat einfach die Kraft gefehlt, mich zu melden. Zu bestimmten Zeitpunkten bin ich durch Straßen der Stadt geschlichen, immer bestimmt von der nur halb eingestandenen Hoffnung, dir bei diesen Gelegenheiten doch nicht zu begegnen. Schon diese wenigen Zeilen kosten mich schlussendlich mehr, als ich mir eigentlich leisten kann. Das ist erbärmlich und kein Trost, doch es ist die Wahrheit. Was alles weder besser noch erträglicher macht, bereue ich doch nichts, wenngleich ich vieles bedauere. Ich wünschte, du könntest verstehen, was passiert ist, was immer noch passiert und doch ohne Erklärung bleibt.

4.37 Wie sehr ich das Meer vermisst habe, die langsam ansteigende See, die, geleitet von einem bedächtigen und beharrlichen Puls, dem Land flache Uferteile abgetrotzt hat. Der lebendige Rhythmus des Wassers kennt ebensowenig ein Ende wie das blinde, uneigennützige Verlangen nach mehr Raum. Diese Vorstellung lässt mich innehalten, denn sie beunruhigt mich nicht so sehr, wie sie es wohl hätte tun sollen. Ich bin kein Weiser geworden, ich bin bloß auf der Durchreise, ich will noch immer keine Ahnung haben.

4.38 Im blauen Licht des Morgens stiernackig von Insel zu Insel springen, immer in Begleitung Tausender anderer, unter fragwürdigen Fahnen mitmarschieren, ja sogar: stürmen. Ein Erklimmen fremder, unbedeutender Anhöhen, um die mitgebrachten Stoffbahnen dort aufzupflanzen, wie ein irrer Gärtner hoffen: dass sie Wurzeln schlagen, Früchte tragen, eine schöne Ernte erbringen. Zur Sicherheit alle damit verbundenen Aufnahmen fälschen: damit kein Zweifel besteht, damit kein Schatten fällt, damit es keinen wohlverdienten Makel abbekommt: unser Heldentum.

4.39 Ich scheine mich schon immer innerhalb der Begrenzungslinien befunden zu haben, wurde ich doch in sie hineingeboren. Erst jetzt glaube ich aber zu erkennen, dass es keinen weiteren Ausgang gibt. Fleisch und Stein sind gleichermaßen Fallen; ich habe nur die Dimensionen getauscht, nicht aber: das Labyrinth. Ich setze mich auf den Steinstrand, beobachte das wilde, *ungebändigte* Meer, wie es unablässig an meinem gar nicht so sicheren Ufer nagt. Erst als die Sonne schon lange untergegangen ist, stehe ich auf und tue, was ich am besten kann.

POSTSKRIPTUM

*And I am a writer, a writer of fictions
I am the heart that you call home
And I've written pages upon pages
Trying to rid you from my bones.*

The Decemberists: The Engine Driver

*But no more apologies
No more, no more apologies
I'm too tired, I'm so sick and tired
And I'm feeling very sick and ill today
But I'm still fond of you*

The Smiths: What Difference Does It Make?

Amsterdam, London, Wien
2005–2007

Editorische Notiz

Die Zitate aus dem *Handbuch der HipDelikte* stammen aus John Brunners *Morgenwelt* in der Übersetzung von Horst Pukallus (München, 1980); die Zitate, die angeblich aus einem Werk mit dem Titel *Le Petit Ducasse* stammen, sind alle der von Ré Soupault bewerkstelligten deutschen Übersetzung von Lautréamonts *Die Gesänge des Maldoror* (Reinbek bei Hamburg, 1963) entnommen.

Thomas Ballhausen, geboren 1975 in Wien, Studium der Vergleichenden Literaturwissenschaft und der Deutschen Philologie an der Universität Wien. Lebt als Schriftsteller und Publizist, Universitätslektor (Medientheorie, Medienübergreifende Quellenkunde, Literatur und andere Künste) und Mitarbeiter des Filmarchivs Austria in Wien.

Neben mehreren eigenständigen wissenschaftlichen Publikationen auch zahlreiche literarische Veröffentlichungen, u.a. *Der letzte Sommer vor der Eiszeit. Essays und Aufsätze* (Wien, 2003), *Leibeserziehung. Hundert Übungen. Eine Erzählung* (Wien, 2003), *Geröll. Prosa* (Innsbruck, 2005). Redakteur für Literatur und Theorie der Popkultur-Zeitschrift *skug*, Gründungsmitglied des Online-Literaturprojekts *die flut*, Mitarbeiter des komparatistischen Kunst- und Forschungsprojekts *projekt berggasse*.

Mehrere Auszeichnungen, zuletzt *Reinhard-Priessnitz-Preis* (2006).

Für die Unterstützung während der Arbeit an diesem Buch danke ich:
Lorenz Aggermann, Xaver Bayer, Paolo und Anita Caneppele, Béatrice Compagnon, Alexander Edelhofer, Gustav Ernst, Georg Hasibeder-Plankensteiner, Gerhard Jaschke, Rebekka Jung, Deborah Kindermann-Zeilinger, Günter Krenn, Pamela Krumphuber, Peter Landerl, Kerstin Ohler, Jasmin Parapatits, René Marcus Pichler, Martina Rosenthal, Lars Tillmanns

Bibliografische Information Der Deutschen Bibliothek
Die Deutsche Bibliothek verzeichnet diese Publikation in der Deutschen
Nationalbibliografie; detaillierte bibliografische Daten sind im Internet
über <http://dnb.ddb.de> abrufbar.

ISBN 978-3-7082-3195-2

© 2007 by Skarabaeus Verlag Innsbruck–Bozen–Wien in der
Studienverlag Ges.m.b.H., Erlerstraße 10, A-6020 Innsbruck
E-Mail: skarabaeus@studienverlag.at

www.skarabaeus.at

Alle Rechte vorbehalten. Kein Teil des Werkes darf in irgendeiner
Form (Druck, Fotokopie, Mikrofilm oder in einem anderen Verfahren)
ohne schriftliche Genehmigung des Verlages reproduziert oder unter
Verwendung elektronischer Systeme verarbeitet, vervielfältigt oder
verbreitet werden.

Buchgestaltung nach Entwürfen von Kurt Höretzeder
Umschlag: Skarabaeus Verlag/Karin Berner
Satz: Skarabaeus Verlag/Christine Petschauer

Gedruckt auf umweltfreundlichem, chlor- und säurefrei gebleichtem
Papier.